「基紀。前がまたべとべとになってるぜ」
尚二はいやらしい言葉をわざとのように
基紀の耳元で囁き、基紀を煽り立てる。
（本文より）

BBN
B・BOY NOVELS

恋する僕たちの距離

遠野春日

イラスト／門地かおり

この物語はフィクションであり、実際の人物・
団体・事件等とは、一切関係ありません。

CONTENTS

恋する僕たちの距離

安野《あんの》尚二《しょうじ》が通う立花学院《たちばながくいん》高校では、十月半ばに学院祭が終わると、クラス役員を選び直す。

クラスミーティングが終了したばかりの教室内はざわついていた。

そんな中、尚二は教卓の横に立って腕組みをし、眉間に皺《しわ》を寄せながら、じっと黒板に書かれた文字を睨《にら》みつけていた。

委員長、安野尚二。

副委員長、片岡基紀《かたおかもとき》。

四月から本日、ついさっきまで副委員長を務めていた田中美和《たなかみわ》の力強い字で、チョークの色もはっきりと、そう記されている。

「いよっ！　新委員長！」

背後から仲のよい男に肩を叩かれ、尚二はいかにも疲れ果てたような溜息をついた。

「なにが新委員長だよ」

「おまえまだ拗《す》ねてんのか？　いい加減諦めの悪い男だなぁ」

彼はニキビだらけの顔をくしゃくしゃにしながら、キヒヒと楽しそうに笑う。

尚二はますますムッとしてきた。

「俺はね、『長』とつくものはとにかく苦手なんだよ。クラス委員長なんて、なりたくないものの筆頭だ。どうして半年も同じ『二のA』にいて、みんなそのことを理解しないかね？」

「しょうがないじゃないかよ、ほかに適任者がいないんだから」

「べつに山田《やまだ》と田中がそのまま続けたってよかったんじゃないか」

「でもそれは担任も反対しただろ。第一あいつらは学祭で、もう充分に疲れ果ててるんだよ。やっぱ交替してやるのが人情ってもんじゃないか？　安野、おまえ、そんな冷たいやつじゃないだろ」

「冷たいとか冷たくないとかの問題かよ」

他人ごとだと思いやがって、と相手を睨みつけてやる。

それにしても、である。

尚二は再び黒板の字に視線を戻すと、自分のすぐ横に並べて書かれた名前をあらためて確かめた。万に一つでもそこの部分の名前が違う人のものに変わっている可能性はないかと思ったのだが、当然そんなことにはなっていない。

「だいたいなんで副委員長が片岡なんだ。なぜ山田は女子とペア組んで、俺は男とペアなんだよ」

本当は尚二がふてくされているのは、こっちが原因だった。

「そりゃあ、うちのクラスには女生徒が八人しかいなくて、田中のほかは引っ込み思案な子ばっかりだからだろ」

このF大附属立花学院高校は、地域で一番の進学校として有名で、元は男子校で男女共学になって数年しか経っていないため、男子の方が多い。そのうえ尚二がいる『二のA』は理数系クラスなものだから、女子の数が圧倒的に少なかった。

「確かにそうかもしれないけどな、なんか納得できないいんだよ」

「そんなこと言ったって仕方ないじゃん」

「おまえ完全に他人ごとだと思って楽しんでるだろ？」

「まぁまぁ。でも、なんで片岡じゃ不服なのさ？」

相手からの切り返しに、尚二はちょっと返事に詰まってしまう。

「不服とかそういうわけじゃない。ただ、あんまり得意なタイプじゃないってだけだ。今までだってそんなに親しくしたことはないし、個人的に話をしたこともない。そんなやつといきなり組まされてもな。いくら俺が人見知りしない性格だからって、得手不得手《えてふえて》はあるんだよ」

「んー、片岡は確かに優等生タイプで、つんとした感じはあるかもな」

「だろう？」

「でも、やつは安野のご期待に添うような美人だぜ。男だけどさぁ」

彼はまたサルのような鳴き声で笑う。今度の笑い方はちょっと下品だったので、尚二もロコツに軽蔑の眼差《まなざ》しになった。

「悪いけど俺はそういう目で男を見たことはないんだ」

「へェへェ、わかってますって」

次の授業が始まるまでの短い休み時間なので、教室内にそのまま残っている生徒は多い。片岡基紀もその中にいる。

基紀は窓際の、前から三番目の席に座っていて、静かに教科書を眺めている。周囲の騒がしさも彼の耳には届いていないかのようで、本に集中しきっているその様子は、どこかほかの連中とは一線を画した雰囲気だった。

近寄りがたいオーラが全身から醸《かも》し出されている、とでも表現すればいいのだろうか。苦手だ、と尚二が感じるのは、こういう基紀を始終見ているからだ。

基紀は綺麗《きれい》な男だ。身長はそれほど高くはないが、ほっそりとしているので実際よりも高めに見える。そして立ち居振る舞いが男にしてはなんとなく優美で、そこはかとなく品があった。とにかく顔立ちが整っていて、すっと高い鼻梁《びりょう》から口元までのラインは、女子たちが秘かに騒ぐのも無理ないと思えるほどだった。少し淡い色をしたさらさらの髪を長めにしているのも、彼の繊細な美貌にはなかなか似合う。それは尚二も認めるのにやぶさかではない。しかし、いくら綺麗でも尚二にとってはなんの意味もないことである。

色が白いからか、基紀にはあまり活動的なイメージは持てなかった。実際、体育の授業ではほとんど目立たず、逆に机に向かってする勉強の成績はクラスでも飛び抜けている。だから尚二は彼のことを、どちらかと言えばガリ勉タイプだと見なしていた。アウトドアが好きな自分とは正反対の男に違いないと思う。

尚二自身はもともと誰とでもフランクに付き合える、クラス内でもなにくれとなく目立つようなタイプの男だった。頼りにされやすいし、リーダーシップを取ることを任されがちだ。春はクラス替え直後で担任がクラス役員を指名したのだが、今度は投票制で逃れられなかった。

それにしても、副委員長に基紀が選出されるとは、意外だった。確かに彼はある意味とても目立つ男だが、尚二の頭にはまるで浮かびもしなかったのだ。

基紀の方はというと、副委員長に選ばれても、ほとんど何も反応しなかった。ミーティングのオブザーバーだった担任が、「片岡は生徒会でも書記をしているが、掛け持ちは大丈夫なのか」と心配したら、「大丈夫です」とそっけなく返事をした程度だ。

あのとき断ってくれたらよかったのにと思うのは尚二の身勝手だが、それが正直な気持ちだった。せめて、基紀以外の人が副委員長なら、こんなに往生際の悪い態度は取らなかっただろう。

「あいつと一緒にいるとき、何を話せばいいんだろうなぁ、俺」

尚二がぼやいていても、無責任な級友は取り合ってくれず、ニヤニヤしているだけだった。

成り行きに任せていたら、安野尚二と二人で後期のクラス役員をすることになった。片岡基紀は帰りの電車に揺られている間中、そして自宅まで歩いている間中、そのことを噛みしめていた。

尚二のことを考えていると、基紀の心臓はどんどん鼓動を速めていく。

こんなふうになると自覚してから、早くも半年になろうとしている。

基紀は春のクラス替えで初めて尚二を目の前にして、なんだか胸がざわざわした。背が高く均整の取れた体型は基紀の好みだったし、なによりも彼の綺麗に澄んだ鋭い瞳に心臓を鷲掴《わしづか》みにされたのだ。

自分の性向には中学の頃気づいた。周囲に打ち明けたことはない。誰にも納得してもらえない気がして、心の内に秘めておく方がいいと思ったのだ。

今でもその考えは変わっていないのだが、一つだけ自分の気持ちを解放してやれる場所を見つけて、何もなかった頃に比べるとかなり気分的に救われている。

それは、インターネット上で知り合った【ヤスジ】と交わす、メールにおいてのことだった。

【ヤスジ】というのは、相手のハンドルネームだ。基紀は自分のことを【トモ】と称している。名前の一部をもじって付けただけのものだったのだが、幸か不幸か、【ヤスジ】にはどうやら女の子だと勘違いされているようだ。

最初に【ヤスジ】の勘違いに気づいたとき、基紀は面食らい、ちゃんと訂正しようと思った。男が女のふりをして相手を騙《だま》すのはままあることで、そんな悪意のある連中と同じ枠で括《くく》られたくはない。けれど、基紀は魔が差したように、そのままでのメール交換を続けてしまっていた。べつに【ヤスジ】を騙したいと思ったからではない。

そうではなくて、相手の勘違いに気づいた一つ前のメールに基紀が書いたのが、恋の悩みについてだったからなのだ。

どうして【ヤスジ】へのメールに、好きな男のことで悩んでいるような内容のことを書いてしまったのか、今考えてもよくわからない。たぶんそのときの基紀は、人恋しくて寂しかったのかもしれない。ちょうど夏期休暇中で、尚二の姿を見ることができなくなっていた最中のことだったから、ちょっと落ち込んでいたのだろう。尚二を同じクラスの中にいてひっそりと眺めていられるからといっても、それで文句なしに幸せというわけでもないのだが、ある程度長い時間想像の中だけでしか会えないと、やはり寂しい。よけいにいろいろなことを考えてしまう。

つい、『同じクラスに好きな人がいるけれど、彼の気持ちはどう転んでも自分に向けられる可能性がないので、考えるたびに落ち込みます』という意味のことを書いてしまっていた。その頃には【ヤスジ】への親しみと信頼感がすっかり高まりきっていたので、前後のことなど考えないでそんなメールを出してしまったのだ。

いつものように返信をもらい、その中に『トモちゃん（と呼んでもいいかな?）にもやはり恋の悩みがあるんだね。俺はちょっと残念かもしれない』などとあるのを見て、初めて基紀は【ヤスジ】が自分を女の子と誤解していることに気がついたというわけだった。

そもそも人称代名詞で『彼』と使ってしまっている時点で、普通は女の子と思われる。ハンドルネームもどちらにも取れるし、いつも【ヤスジ】とメールで会話するときに、基紀は丁寧な言葉遣いを心掛けていた。【ヤスジ】の正確な歳などは知らないが、なんとはなしに自分よりもかなり年上だという感触があったからだろう。

【ヤスジ】は自分のホームページを公開している人だ。

基紀が彼のページを見つけたのは、趣味の自然散策や山歩きなどをキーワードにして、検索エンジンで探し出したサイトをランダムに開いている最中のことだった。その中の一つが【ヤスジ】のサイトだった。

たくさん紹介されていた同好のサイトから、特に【ヤスジ】のページを気に入ったのにはわけがある。【ヤスジ】は基紀が住んでいるのと同じ地域の住人で、主にこの周辺の見所や穴場、お勧めの散策ルートを紹介していたのだ。

世界中に向けて開かれているホームページの中から、こんなに身近な、自分の行動範囲に含まれる地域の情報を流してくれているサイトと巡り会えたのが、基紀にはとても嬉しかった。しかも【ヤスジ】は本当に山歩きやウォーキングが好きな人のようで、熱意に溢《あふ》れた丁寧なページ作りをしている。基紀はたちまち彼のサイトの常連になった。

常連とはいえ、【ヤスジ】は掲示板という、誰もが書き込みすることのできるページを作っていなかったので、密かなリピーターということだった。更新は比較的こまめで、新着の情報も週末ごとにアップしてある。『お天気日誌』という日記のようなページも楽しくて、基紀はほとんど毎日覗《のぞ》いていた。

基紀が【ヤスジ】にメールを出してみよう、と思ったのは、一ヶ月くらい見ているだけの訪問を続けた後だっただろうか。最初のメールはドキドキしたが、すぐに返信が来て、それがどても感じがよく、基紀はますます【ヤスジ】に好感を持った。

以来ずっとメール友達を続けている。

インターネットは相手の顔が見えない分、気を遣う。お互いにハンドルネームで呼び合い、住所も名前も知らせないでおこうと思えばそれですむのだから、実際の本人とは違う人格になりきることも可能だろう。中にはそれを悪用して不愉快なことをする人たちもいるようだが、少なくとも基紀にそのつもりはなかった。

女の子と勘違いされても、そのまま訂正しなかったのは、【ヤスジ】にもう少しだけ甘えていたかったからだ。

基紀は誰にも秘密の恋をしている。

ただでさえ尚二は基紀に良い印象を持っていないようだから、本人に勘づかれたりしたら、きっと立ち直れないくらい打ちひしがれてしまうだろう。基紀はそれほど強くない。好きな相手から気持ち悪がられたり、軽蔑の眼差しで見られたりすることに耐えられそうもなかった。普段は精一杯彼に無関心なふりをして、たまに用事があって話しかけられても内心の嬉しさとは裏腹にそっけなくしてしまい、どうにか自分の本心が漏れないように努力している。せめて普通に仲良くできたらいいなと思わないでもなかったが、結局は怖くて素直になれない。

尚二とは、このまま高校卒業までを同じクラスで過ごし、遠目に見ているだけの関係で終わっても仕方がないと思っている。

けれど気持ちが沈み込んでいると、できれば誰か一人にでも、当たり障《さわ》りない範囲で話を聞いてもらいたい、と思うときがある。

そんなとき【ヤスジ】は基紀にとって理想の相手だった。

互いのプライベートは明かしていないのだから、基紀さえ気をつけていれば、男が男に対して恋しているのだと知られずに、彼に話を聞いてもらうことができる。そして経験豊富そうな彼のアドバイスは気持ちの上だけでも参考になった。

騙しているのを心苦しいと思いつつ、基紀がそのまま【トモ】という女の子として【ヤスジ】とメール交換を続けているのには、そういう理由があるのだった。


部屋に入ってカバンを置くと、基紀はいつもの習慣でパソコンの電源を入れた。

マシンが立ち上がって最初にするのは、メールをチェックすることだった。

基紀は慣れた手つきでマウスを動かしては画面を開いていき、インターネットに接続して、新しいメールが届いているかどうかを確認した。

軽い通知音がして、新着メールが二通来ていることがわかる。

一通はプロバイダーからの定期通信で、もう一通が予想通りに【ヤスジ】からのものだった。

基紀は【ヤスジ】からのメールを画面に開いた。

不思議なもので、誰が打ってても同じはずのメールにも、ちゃんとその人の人となりというのか、個性というものが表れる。失礼な人の打つメールはやはりどこか強引で嫌な感じだし、逆に丁寧で誠意のこもったメールを打つ人は、本人もおそらくそうなんだろうと推測させられる。

【ヤスジ】のメールはいつも基紀を温かい気持ちにさせるものだった。

『その後、彼とは進展があった？』

【ヤスジ】からの問いに、基紀は唇の端を軽く嚙み、苦笑する。

およそ進展などあり得ないとは自分が一番よくわかっているのだが、【ヤスジ】が一生懸命基紀の恋を応援してくれるのが嬉しい。ありがたいと思う。

『彼はどんな人なのか、差し支えなかったら教えてくれないかな』

基紀は返信フォームを開いて、【ヤスジ】に返事を打ち始めた。

「彼は同じ高校のクラスメートです」

キーボードを打つ手を止め、どこまで話そうかなと考え、また続ける。

最近では基紀も、【ヤスジ】にならほとんどのことは打ち明けてもいいかな、と思うまでになってきた。ただ一つ、【トモ】が男という事実を除きさえすれば、なのだが。

「今までヤスジさんに、はっきりした年齢などは話していなかったと思うけれど、わたしは高校二年生です。共学の普通高校に通っています」

基紀はふう、と軽く息を吸い込んだ。

「彼はとても目立ちます。どの学校のどのクラスにもきっと一人くらいはいると思うけれど、みんなに慕われている、頼りがいのある人です」

『ハンサムな人？（ごめんね、好奇心丸出しで。気に障ったらこれは無視していいからね）』

「贔屓目《ひいきめ》かもしれないけれどわたしにとってはハンサムです。すっきりした、いい顔をしています。たぶん十人いたら六人まではハンサムと答えるんじゃないかな。顔の作りのことばかりじゃなく、なんというのか、目的を持って毎日生き生きと過ごしている人に見られるような、そういう潑剌《はつらつ》としたいい顔をしていると思うのです」

『以前はほとんど話したこともないとメールにあったけど、最近は？』

「相変わらずです（笑）。話したいのは山々だけど、きっかけがないです。本当は、きっかけは自分で作るものかもしれないけど、わたしは案外引っ込み思案みたいです。ヤスジさんとこうしてメールしているときには、結構大胆だったりするけれど」

『趣味のこととかを話してみればいいと思うんだけどな』

「彼の趣味はなんだろう」

基紀はそこでまた指を離した。

尚二の好きなことは、スポーツだろうか。尚二は運動能力に恵まれていて、体育の時間はとにかく活躍が目立つ。新入生の頃から部活動にも引っ張りだこだったらしいが、どこの誘いにも乗らず、あと一人誰か入部しないと廃部に追い込まれるはずだった地学部に入ってしまったという逸話《いつわ》の持ち主だ。地学部は週に一度しか活動していないような地味な部だが、尚二は単に名前を貸しただけではなく、ちゃんと活動にも積極的に参加しているらしい。

ということは、天文観察などにも興味があるのかもしれない。

尚二は学業成績もいい方だ。全科目まんべんなく、そこそこいい成績を維持している。

あんなに苦手なことがなさそうな人もいるんだな、というのが、基紀の素直な感想だった。

なんでも一通りこなすのに、少しも鼻にかけることがない。

つまり、性格もいいということだ。

これで女の子たちにもてないはずがないのだ。今のところその手の噂は耳にしないが、いつ彼に彼女ができたと聞かされても不思議はない。尚二はそういう男だった。

「あらためて考えると、彼がどんなことに一番興味があるのかさえもわかっていない自分に気がつきました。ちょっと恥ずかしいです。こんなことでは、なかなか先に進めそうにないですよね」

『トモちゃんの気持ちが相手に届くといいですね。僕も陰から応援しています』

「実は、今度から少しだけ一緒に行動するチャンスが増えました」

基紀は今日のホームルームで決まったクラス役員のことを、そんなふうに付け加えて知らせた。

「最初はお互いにぎくしゃくしてうまく話せないかもしれないけれど、ちょっとずつでもいい雰囲気になるようにもっていけたらな、と思っています」

果たしてそんなに簡単にいくこととも思えなかったが、メールにはそう書いておく。

「またなにかあったら相談に乗ってください。ところで、先週アップしてあった、遙かなF山の山頂を望む貯水池の周遊、というコース、すごく行ってみたくなりました。全部で十四キロということなので、わたしに歩ききれるかどうか今ひとつ自信がないのですが……」

途中からは、【ヤスジ】のサイトを見た感想になった。

彼のサイトはシンプルな作りだが、写真やイラストマップが要所要所に入れてあり、眺めているだけでも楽しめる。中学の頃に基紀は机上旅行クラブに所属していたのだが、ちょうどそれと同じ感覚で、あたかも自分も歩いたかのような気になれるのだ。

『よかったら今度はオフ会にも参加してください』

メールはそう締め括られている。

オフ会、の文字を基紀は複雑な気持ちで見つめた。

行きたいのはやまやまだ。【ヤスジ】に会える。話題の合うほかの人たちにも出会えるだろう。たまにサイトの中で【ヤスジ】がオフ会の知らせを出しているのは知っているが、基紀は一度も参加したことがない。オフ会といっても、単に飲み会をするだけではなく、七キロ程度の比較的楽なコースを半日がかりで歩こう、といった、サイトの趣旨にも反しない健康的なものだったから、できることなら基紀も参加してみたかった。

けれど、そうすれば自分が男ということがばれてしまう。

以前ならともかく、今それが【ヤスジ】に知られてしまうというのは、あまりにもまずかった。騙していた罪悪感もあるし、同性愛の相談をされていたと、彼が気を悪くするかもしれない。【ヤスジ】に嫌われたくない。

基紀は心からそう思っている。彼のことは兄のようだと感じていた。基紀には現実の兄弟がいないから、なおさら【ヤスジ】のような存在が欲しくなるときがある。

なんでも相談できる、頼れる人、基紀にとって【ヤスジ】はそういう相手だった。

わがままで自分勝手なのは承知していたが、まだしばらくは本当のことは打ち明けられないと思うのだった。


インターネットの接続を解除して、キッチンにコーヒーを入れに下りていくと、ちょうど電話が鳴り始めた。

父か母のどちらかだろうと思い、「はい」とだけ応えると、一瞬受話器の向こうで沈黙がある。

違うらしいと思った基紀が、片岡ですが、と言い直すより先に、向こうから『片岡さんのお宅ですか』と訊《き》いてきた。その声には聞き覚えがある。

「あ。内田《うちだ》先輩、ですか?」

相手がほっとしたように、そうだよと返事をする。

基紀は子機を肩と顎《あご》で挟んだまま、コーヒーメーカーにペーパーフィルターをセットし始めた。

電話をかけてきたのは内田泰之《やすゆき》という、三年生の先輩だった。基紀は去年、半ば頼み込まれるような形で生徒会役員に立候補して当選したのだが、先日改選されたときにも、またそのまま残留してくれと懇願されて立候補する羽目になり、ほかに対立候補者なしで無投票当選してしまった。生徒会役員などを進んでやりたがる人間は立花にはあまりいないのだろう。

この内田泰之も前回まで生徒会の副会長をしていた。皆に推《お》されるだけあって、さっぱりとした性格でスマートな男だ。基紀とは生徒会で付き合いのあった人ということになるのだが、引退してからも相変わらず親しくしてくれるつもりらしい。内田は後輩の面倒見がいいし、人当たりも柔らかなので、基紀としても付き合いやすい先輩ではあった。

内田は以前からもちょくちょく基紀に電話をかけてきていた。いつもたいした用事はないようで、最初にお決まりのように生徒会の些細な連絡事項を伝えてからは、もっぱら雑談をするだけだった。話題になっている映画のこととか、テレビ番組のこと、読書家らしく、最近読んでよかった本のことなどの話をするばかりで、単に聞いている分には楽しいのだが、何が目的なのか今ひとつ要領を得なくて戸惑ってしまう。基紀は、内田のことはいい先輩だと思っているものの、特別仲がいいという自覚もなかった。なぜ生徒会という関わりがなくなった今でも、こうして自分を相手に電話してくるのかわからない。

基紀がコーヒーを落とし終わるまで、内田は新しく編成し直された生徒会のことについてひとしきり語り、ところで、の合図と共に雑談に入った。

「あの、すみません」

基紀は遠慮がちに口を挟んだ。

「ちょっと今、お客さんが来ているので、せっかく電話してきていただいたんですが、長く話していられないんです」

今日はもうこれ以上内田の無駄話に付き合いたい気分ではなかった。嘘をつくのは心苦しいが、迷惑なんですとはっきり言ってのけるのも大人げない。内田と気まずくなれば生徒会室に行くのが苦痛になる。基紀もそれは避けたかった。内田はまだオブザーバーとして頻繁《ひんぱん》に生徒会室に出入りしているのだ。

内田もわきまえない男ではないので、残念そうにではあったが、じゃあまた、と受話器を置こうとする気配がした。

「すみません」

基紀は悪いことをした気持ちが少しあったので、つい言い足していた。

「今度は僕からも電話します」

受話器の向こうで内田が軽く息を呑むのがわかる。

『嬉しいな。……気長に待っているよ、片岡』

それで電話は切ったが、基紀の方にはなんともいえない後味の悪さが、残ってしまった。

クラス委員だからといっても、毎日用事があるわけではない。ホームルームがクラス会議になったときに司会と書記をするとか、月に一度の定例会に出席するとか、その程度のことである。定例会に関しても、基本的には、出席するのは委員長か副委員長のどちらか一人でいいので、生徒会役員兼務の基紀が毎回一緒に行動する必要もない。

来月に入ればまたいろいろと秋の恒例行事が予定されているので、それこそ一緒に行動することも多いのだろうが、まだそのための話し合いは一度も持たれていなかった。

そういうふうだから、今のところ基紀が尚二とゆっくり話ができるような機会は、なかなかなかった。

基紀は、周囲の人間が自分のことを、とっつきにくいタイプだと感じることを知っている。あまり愛想もよくないし、口も滑らかではない。顔立ちの整い方も、一部では、なんだかつんと取り澄まして見える、と敬遠されているらしい。見てくれで判断されてしまうというのも、なんだか理不尽で納得できないが、こればかりは基紀にはどうしようもなかった。

それでも以前に比べると、尚二との小さな接点はかなり増えた。

尚二が頻繁に基紀の目の前に立って必要なことを喋《しゃべ》ったり、意見を求めたりする。基紀は内心ものすごい緊張を押し隠しながら、努めて平静を装い、尚二に返事をする。言葉数が少なくなりがちなのは、ここでもし自分が尚二を好きだと思っている気持ちが微《かす》かにでも出てしまっては困ると、臆病になるせいだ。だが尚二はもちろんそんな基紀の気持ちには気づかないから、なんとなくしっくりこないようなムスッとした顔つきで、必要最低限の会話をすると去っていく。

しかし、そうこうしているうちに、まとまった会話をするチャンスが、不意に訪れた。

基紀が生徒会の集まりのあと、忘れていた教科書を取りに教室に戻ったら、前後するタイミングで尚二もやってきたのだ。

運動部の連中が練習している声や、ボールを蹴ったり叩いたりする音が、運動場側に面している窓の下から響いていたが、そのとき教室にいるのは二人だけだった。この頃では日の入りが早くなっていて、六時を過ぎる頃には真っ暗になる。運動場には大型の照明器具が設置されており、夕暮れ時のように幻想的な雰囲気になっていた。

「なんだ、まだ残っていたのか」

尚二は自分の席から唐突に基紀に話しかけてきた。

「ああ。生徒会で。きみこそ」

声が上擦りそうになるのを宥《なだ》めてなんとか平常通りに振る舞おうとすればするほど、基紀の物言いはそっけない感じになってしまう。いつもならば尚二もそれだけでさっさと先に歩いていってしまうとか、ほかの友人と話し始めてしまうなどして、二人の会話は途切れてしまいがちだった。

この場に二人きり、という普段はあまりない状況が、尚二の気分を穏やかに辛抱強くさせたのかどうなのか、このときは尚二もそのまま基紀と話し続ける気になったようだ。

「俺は部活だったんだ」

「そういえば、地学部は毎週水曜に集まっているようだね」

へぇ、と尚二は意外そうな声を出す。

「俺が地学部に入っていることを知っているんだ？」

基紀はしまった、と思ったが、顔には微塵《みじん》も表さなかった。

「安野が地学部に入ったことは有名な話だから。僕でなくても、ほとんどの人が知っていることなんじゃないかな」

「ふうん、まぁ、それにしてもな」

尚二は机に腰をのせて座ると、あらためて基紀をじっくりと見つめるようにした。立っている基紀の姿を、上から下まで見ている。基紀は息苦しくてたまらなかった。あえて視線を合わせないようにしていたが、いつまで経《た》っても尚二の視線が自分の横顔から離れないのを感じると、嫌そうな顔をして、とうとう彼を睨んだ。

「用事がないのなら帰れば？」

心にもないセリフだったが、基紀にはほかにどんな言葉も思いつけなかった。本当はこのままもう少し尚二と話していたい。じろじろと見ているだけではなく、もっと話しかけてくれたらいいのにと思う。

「ここの鍵はあんたが閉めて帰るのか？」

尚二が逆に聞き返してきた。

基紀が頷《うなず》くと、尚二は机から下り、カバンを肩に掛ける。

「じゃあ行こうぜ」

「え？」

基紀は意味がわからないで当惑した。

尚二はさっさと廊下に出て、ドアのところで基紀が来るのを待っている。

奇妙なことになった、と基紀は動揺しきっていて、ドアの鍵を閉める指が震えてしまうほどだった。幸いそれは背中を向けていた尚二に気づかれることなくすんだが、これからどうするのかと考えると、感情を押し隠したいつもの表情を保つのはとても大変なことだった。

「駅までどうせ一緒なんだろ」

並んで歩き始めたところで尚二はそう言った。

肩を並べると尚二はやはり基紀よりも五センチ以上背が高い。肩幅も広くて全体的にバランスの取れた理想的な体つきをしている。腕も脚も持て余すのではないかと思うほど長かった。

基紀は横目でときどき尚二を窺《うかが》いながら、自分の体が自然と熱くなっていくのをまずいと思っていた。

好きな男とこんなに近くで並んでいるのだ。

普段は抑えている情動が、相手のほんの些細な息遣いや匂いなどに誘発されて、基紀の体に変化を与えそうで怖い。

校門を出るまでは互いに無言だったが、並木道の歩道を歩き始める頃に、また尚二から話しかけてきた。

「あんた、やっぱり細いよな」

いきなりで基紀は返事に詰まってしまう。

尚二は基紀があまり喋らないことに慣れてしまったのか、気にせずに一方的に話し続ける。

「もっと外に出て運動すれば食欲も旺盛になっていいのにさ。まぁ俺の知ったことじゃないけど。あんたに『人のことはほっとけよ』みたいな冷たい目で見られるのも、なんか割に合わないし、確かによけいなお世話だからな」

「べつに、外に出るのが嫌いだなんて言った覚えはない」

基紀はようやくそれだけ返した。実はハイキングやウォーキングが好きなのだと言ってやりたかったが、なぜか言葉にならなかった。

「ぶっきらぼうに喋るよなぁ、あんたは」

今度は不愉快さを露《あらわ》にした口調で尚二が遠慮なくそう言った。

その言い方に基紀はかなり傷ついたが、やはり無視して涼しい顔をしているので精一杯だった。

「冷たそうで超然とした雰囲気がすてきとか言っている女の子たちもいるみたいだけど、そんなんじゃ彼女はできないだろ？　おっと、これこそ本当によけいなお世話か」

「そういうのには興味ないから」

基紀は淡々と切り返した。

「……きみは？」

「俺？」

基紀は前方を見たまま、あくまでさり気なく続ける。だが自分でも無意識のうちに、尚二とは反対側にある手を、握ったり開いたりしてしまっていた。

「彼女。いるの？」

「ふうん……片岡でもそういうことに興味があるんだ？」

「聞いただけだよ」

どうしても基紀は虚勢を張ってしまい、尚二の前で素直になれない。そしてそんな自分に苛立ってしまう。

「いないよ」

尚二は意外にあっさりと答えてくれた。

「今のところはね」

少しおいてから尚二が付け加えたところで、二人は駅の構内に到着していた。

じゃあな、と手を振られて、基紀は一気に気が緩んでしまう。

こんなに長い時間話したのは初めてだった。嬉しさと戸惑いともっとこうすればよかったという後悔とが頭の中をごちゃごちゃにしている。

次に機会があったら、もう少しスムーズにいろいろなことが話せるだろうか。

お互いの趣味のことや、日常考えていることなど、なんでもいいからもっと話がしたい。

とりあえずは少しだけ進展したのだと考えることにして、基紀は電車に乗った。

家に帰ったら【ヤスジ】にメールを出そう。

【ヤスジ】へのメールには、あまり心配させるようなことばかり並べたくないと思っていたので、今日は少し話ができたという報告ができるのは嬉しい。

基紀は主に、尚二について自分が感じていること、知っていることなどを【ヤスジ】に伝えていた。尚二がどんな人なのかを話せば、【ヤスジ】はいろいろと想像したり考えたりして、こうするのはどうかな、とか、こんな人なのかもしれないね、などとアドバイスしてくれるのだ。基紀はそれを聞くと、尚二の新しい魅力を見つけた気がする。

誰もいない家に明かりをつけて回ってから、二階の自室に入る。基紀の両親が基紀よりも先に家に帰っていた例はほとんどない。そのことを寂しく思う気持ちも歳を重ねるにつれて少しずつ麻痺しているようだった。

基紀はさっきあった特別なことを【ヤスジ】にメールで知らせるため、パソコンに向かった。

尚二は基紀と駅で別れてから、ようやく深呼吸できたような気持ちで電車に乗った。

たまたま基紀が帰ろうとしているところに出くわしたものだから、そろそろ歩み寄ろうかなと考えて彼と連れだって帰り道を歩いてみたものの、どうにも空気が重苦しくて、ほんの十分足らずの道のりが、二倍にも三倍にも感じられたほどだった。

話題を探すのに自分ばかりが苦労させられたような疲労感が残っている。基紀はこちらから話を振ってやらない限りは黙っているし、振ったところで話を続けようという努力をしない。尚二がどう続けようもないような返事ですませてしまう。その中で唯一意外だったのが、向こうからも尚二の彼女の有無について聞き返してきたことだった。あれには正直面食らった。基紀がそういうことを聞いてくるとは思いもしなかったのだ。

「でもまぁ……確かに綺麗な顔をしているやつだよな」

尚二は基紀の白い横顔を思い出すと、そう呟いていた。

最初に校庭の夜間照明で照らし出された薄暗い教室の中に基紀の姿を見つけたときには、人がいるとは思わなかったので不意を衝《つ》かれた気分だった。基紀はカバンか何か忘れ物を取りに来ただけのような感じで、教室の電気をつけもしていなかったのだ。

黄金色にも思える不思議な光を背景に立っている基紀は、尚二が不覚にも息を呑んでしまうほど綺麗だった。立っているだけで優美、といつか言っていた女の子の言葉を噛みしめてしまったほどだ。なるほど認めざるを得ない感じだった。

こんな男は普段どうやって生活しているのだろうか、という単純な好奇心が、そのときの尚二を動かしたのだろう。

基紀と話してみたくなった。帰り道が同じだというのは格好の誘い文句だった。

結局基紀が何を考えているのかは、やっぱり尚二などにはわからないし、理解できないまま駅で別れたのだが、もう少し同じことを繰り返していれば、今より少しはわかり合える気もした。

べつに必ずしも基紀とわかり合わなくてはいけないということでもないのだろうが、尚二は誰かと不仲という状態が好きではなかった。仲良くできるなら仲良くしたい。どうしても合わないやつだと諦められたならそれはそれでいいのだ。よく知らないのになんとなく虫が好かない、というのが嫌なのだった。

趣味は読書、毎日規則正しく寝起きしています、酒もたばこももちろん未経験です、などと基紀の言いそうなことを勝手に想像しながら、尚二はふと、下世話なことまで考えてしまった。

あいつはもう経験ずみなのだろうか。

なんだか基紀が女の子を連れて歩いているシーンは想像しづらい。下手をすると基紀の方が華奢《きゃしゃ》かもしれないし、綺麗かもしれないのだから、彼に合うような女の子というのをなかなか思い浮かべることができないのだ。それよりは、よほど、三年生の先輩などと一緒にいる姿の方がしっくりとくる。

三年生の先輩、と考えたとき、尚二の脳裏をふと掠めたのは、前副会長の内田泰之のことだった。

いつだったか尚二は内田の噂を聞いたことがある。

内田は感じのいい、下級生にも人気のある先輩の一人だが、どうも並み居る女の子を押しのけて、後輩の片岡基紀に一番執心しているようだという、そういう面白半分に近いような噂だ。たぶんに基紀の美貌が噂に拍車をかけているのだろう。もちろん基紀自身は何も勘づいていないらしいが、知ったら知ったで、どんなふうに反応するのか見てみたい気もする。

あの蒼白い肌を染めて憤慨《ふんがい》するのだろうか。

それとも、案外、受け入れてしまったりするのだろうか。

尚二にはどちらでもあり得そうな気がする。

基紀は不思議な男だ。どことなく中性的な印象がある。男のぎらついた欲望を感じさせないし、かといって女の子みたいな、たおやかでなよなよした感じでもない。

帰り道の間中、基紀のことを考えていて飽きなかった。

尚二は家に着くと、駅から乗ってきた自転車を車庫の片隅に置き、ただいまと玄関を開けた。

台所の方からは腹の虫をくすぐる夕餉《ゆうげ》の匂いがしている。

「おかえり」

尚二の母は専業主婦で、トンカツを揚げながら陽気に鼻歌を歌っていた。

「あんたが頼んでいた写真の現像、できていたわよ」

二階への階段を上りかけていた尚二は、ありがとう、と返事だけして、そのまま足早に部屋に向かった。

尚二の部屋の一角は、パソコンとその周辺機器の載ったデスクで占められている。

尚二はパソコンを起動させながら、勉強机の上に置かれていた写真屋の袋を破った。ネガと一緒に二十数枚の写真が入れてある。一枚ずつめくっていきながら、どれが一番綺麗に撮れているかなと目を凝《こ》らす。

その写真は全部、先週の土曜日に歩いてきた山や里の美しい景色を写してきたものだった。どれも後で使えるようにと気を遣って撮っているはずだったが、写真に関してはまだまだ未熟なので、思っているとおりの絵が出ていないことの方が多い。

写真を検討しているうちに、パソコンが立ち上がってスタンバイ状態になっている。

尚二はすぐにインターネットに接続した。

画面には尚二が自分で作成して公開している、自然散策や山歩きをテーマにしたホームページが呼び出されていた。

管理人名は【ヤスジ】としている。

安野尚二という名前から、頭と尻だけを取り、少し読みを変えて付けたものだ。

このハンドルネームで、かれこれ二年半ほど、尚二はインターネットをしているのだった。

【トモ】からメールが来ていると尚二は嬉しい。

最初のメールをもらったのは、もう半年ほど前になるだろうか。今年の春だった。

【トモ】は礼儀正しくて丁寧なメールを寄越《よこ》してくれ、その中には地元のすてきな散策ルートをたくさん紹介してもらえて、眺めているだけでも楽しいと記してあった。星の数ほどもあるホームページの中から自分のページを見つけてくれただけでも感謝したいくらいなのに、更新のたびに感想のメールを送ってもらえれば、尚二にとっても励みになる。

メール交換は自然の成り行きだった。

サイトを公開していると様々な人たちからメールをもらうが、尚二が一番心待ちにして、楽しみにしているのは、今では【トモ】からのものだった。

どうやら【トモ】は【ヤスジ】をいくつも年上のお兄さんだと思っているようで、夏頃になるとポツポツとプライベートなことも話題にするようになっていた。尚二自身、【トモ】がいくつくらいの子なのかはっきりと知らなかったのだが、ごく最近もらったメールに、『同じ高校の』などという一文があったので、なんだ、同じくらいの歳の子なんだ、とわかったばかりである。

わかったのはいいが、【トモ】が恋の相談をしてくることに対しては、なんとも言えず複雑な心境になった。

おかしな話だが、どうやら尚二はメール交換だけの関係で、ちゃっかりと【トモ】を好きになっていたようなのだ。

こんなことなら、もっと早くプロフィールで年齢を明かすか、毎日更新している『お天気日誌』で自分が高校二年生なのだと匂わせるようなことを書いておけばよかったかなと思う。

そうすればもしかしたら【トモ】も【ヤスジ】を、ボーイフレンドとしていいな、と考えてくれたかもしれないのだ。少なくともすごく年上のお兄さんと見られて、恋の相談をされたりはしなかっただろう。なにしろ【トモ】が『彼』を好きになったのは、今年の春にクラス替えで身近に感じられるようになってから、ということなのだから。それは【ヤスジ】とメール交換するようになったのと同じ頃ということになる。奇遇《きぐう》だった。今更そんなことを考えても仕方がないのだが。

【トモ】が高校生だとわかると、今度は、どこの高校に通っているのだろうか、ということが知りたくなる。

尚二がホームページで紹介しているのは、もちろん尚二の行動範囲内なので、県全般というよりは、住んでいる市の周辺だけに限られている。【トモ】はそれを見て、身近な地域のことなので楽しいと言うのだから、つまり、【トモ】もこのあたりに住んでいる高校生なのだろう。

共学の高校に絞ってしまえば、六校くらいだろうか。公立か私立かわかればもう少し減らせるのだが、【トモ】はそれについては教えてくれていない。この中からどれか一つ、というのはちょっと無理だった。情報量が少なすぎる。

どちらにしても、【トモ】がどの高校に通う女の子なのか知ったところで、今となっては仕方のないことのような気もする。

【トモ】は本当にその彼のことが好きでたまらないようだった。

好きなくせに話しかけることもできないような、今時珍しいほど奥手で控えめな女の子なのだ。

メールを読んでいて、尚二は無性に焦《じ》れったくなることがある。【トモ】に対して、というより、相手の男に対してだ。どんな鈍い男か知らないが、【トモ】のようにかわいい女の子がこんなに一生懸命好きになっているのだから、早く気づいてやれよ、と思うのだ。

尚二の勝手な想像の中にいる【トモ】は、女の子らしく優しくて、外の空気に触れながら散歩したり山歩きをしたりするのが大好きで、草木や花を大切に慈しむ、髪の長いかわいい感じの女の子なのだった。なぜ髪が長いと思うのかは自分でもよくわからないが、そういう女の子が好みのタイプだからなのかもしれない。

勉強の話はあまりしないのだが、たぶん【トモ】は結構頭がいい。メールの文章を見ればわかる。よく本を読むのだろうな、と思わせられるような表現もしばしばあった。

【トモ】のような女の子が自分の傍《そば》にいてくれたらな、と思うと、尚二はやはり悔しかった。

尚二だってまんざらもてないわけではない。

これまでにも何度か「好きです」「付き合ってください」と言われたことがある。手紙をもらったこともあるし、携帯電話のメールで告白されたこともあった。

中学の頃は断るのが悪い気がして、好きとも嫌いとも感じない場合は付き合うことをオーケーしていたが、結局そういうのは長続きしないと学んでからは、好きだと思えなければ最初からちゃんと断るようになった。

過去に真剣な恋愛をしたことはまだない。

それでも性体験はある。中三の秋まで付き合っていた女の子が、どうしても試してみようと言ってきかなかったからだ。夏休みに二人で海に行ったあと、近くだった彼女のお祖父さんの家に泊めてもらった。その夜に誘われたのだ。「一緒に大人になろうよ」と言われた言葉がいまだに耳に残っている。無我夢中だった。それからは自然とそれもデートの一部になったのだが、彼女とは受験勉強が本格化すると喧嘩《けんか》が多くなり、なんとなく別れたことになっていた。以降は誰とも付き合っていないから、その子が一番長く付き合った、今までのところでは最後の彼女ということになる。

高校生になってからの交際申し込みは中学以上に頻繁だったが、尚二が付き合ってもいいなと思える女の子はいなかったので、申し訳なくも断ってばかりいる。

たまには、この子なら好きになれるかな、という女の子と知り合うのだが、そういう子に限って、すでに彼氏がいるのだ。

今度の【トモ】にしても同じようなものだった。

せっかくいい雰囲気でメール交換しながら親しくなっていったのに、兄貴のように頼りにされているだけというオチには、かなり拍子抜けした。

せめてもう少し早い時期に、一度会わないかと誘ってみればよかったと思う。

【トモ】はオフ会を計画しても参加してくれたことがない。何度か個人的にメールで誘ってみたのだが、いつも遠慮されてしまう。理由もだいたい毎度同じで、まだ初心者なのでほかのメンバーと同じ歩調で歩く自信がない、迷惑をかけてしまうから、ということだった。

かといって、どんなに初心者向けのコースを計画しても同じなのだ。

引っ込み思案なのか、人見知りするのか、尚二は残念でたまらない。趣味が同じなら、知らない人の中に混ざっても案外すぐに親しくなれるのに、と思う。

【トモ】が適当に話を合わせているだけで、本当は自然愛好家でもなんでもないのなら話は別だが、何度もメールの遣り取りをしている尚二にはそれはないこともわかっている。それどころか、【トモ】は結構いろいろなコースを歩いてみている感じなのだ。一人歩きするのが常らしいということも文面からなんとなく伝わってくる。集団で行動するのが苦手な人はいるから、【トモ】もそういうことなのだと思うしかない。

オフ会がだめでも、映画や博物館などに誘うという手もあったのだ。

だが、今頃そんなことを考えても虚《むな》しいだけだった。

尚二は思考を切り替えて、メールをチェックした。昨日尚二が発信しておいたものへの返信が、うまくすれば届いているかもしれない。

思ったとおり、今日は【トモ】からのメールが来ていた。

【トモ】が好きな人について書いてくるメールが増えてくるにつれ、だんだんと尚二は不思議な気分になってきた。

【トモ】は尚二の知らない誰かのことを言っているはずなのに、あたかもそれが自分のことのような奇妙な錯覚を覚えてしまうのだ。

それは、あまりにも自分との共通点が多くなってきたせいだった。

最初は単なる偶然の一致だったり、よくあることだったりと流していたことが、受け取る情報が多くなるにつれて、まさかね、と引っかかり始めてくる。一つや二つなら、自分と似たやつ、だが、五つも六つもとなると、それはもしかして、になるのは、なにも尚二が自意識過剰なせいとばかりも言えないだろう。

「背が高くて目線がいつも見上げる感じになる？　まぁ普通男は女より背が高いからこれは当然として。スポーツはなんでも一通りこなしてしまうし、学業成績も学年で三十番前後をうろうろしている……って、俺もそうなんだよな」

尚二は今までに受け取ったメールを次々と開きながら、考え込んでしまう。

一度、相手の名前は、と【トモ】に聞いてみたことがあるが、さすがにそれに対する返事はなかった。『それは秘密にさせてください』とあって、それから『実はほかにもヤスジさんに対して黙っていることがあるので、そろそろ苦しくなってきました』という意味ありげな文もあった。メールは相手の顔も素性もわからないものだから、誰でも多少は伏せていたり、偽《いつわ》っていたりすることがあるかもしれない。【トモ】が黙っているのがどんなことなのか、尚二にはわからなかった。あえて詮索するべきではない気もするので、無理に聞き出したいとは思わない。

尚二は一番新しいメールをもう一度読み直す。

「うーん……やっぱりこれがなぁ。『昨日の放課後に、陸上部に交じってトラックを走っている彼を見ました。中距離の選手たちと一緒でしたが負けていなくて、遠くから眺めているだけでしたが、心の中でずっと声援を送ったりしていました』だろ、これはかなり決定的じゃないかなぁ」

まさにそのとおりのことを尚二は昨日したのだ。

ここまで偶然だったなどという可能性は相当に低いだろう。

おそらく、【トモ】の好きな彼というのは、尚二のことなのではないだろうか。

尚二は嬉しいのが半分、戸惑いが半分で、この先どういうふうにすればいいのか、にわかにはわからなかった。

もしかしてそいつの名前は安野尚二というのでは、と【トモ】にメールを出し、万一【トモ】がそうだと返事をくれたら、どうしようか。

実はそれは自分のことだと打ち明けるのか。

だが、【トモ】はこれまで三ヶ月近くに渡って、かなり詳しく自分の気持ちの揺れや、彼に対する真剣な想いを、まったくの第三者と信じている【ヤスジ】に対して打ち明けてきている。今更それが本人に対して告白していたのと同じことだ、などと言われれば、それだけでこの引っ込み思案でかわいい人は困り果ててしまうかもしれなかった。もう好きと気持ちを告げるとかの段階ではないと退いてしまうだろう。【トモ】が恋人ならと願っていた尚二にしてみれば、そんなことで大切な人との縁が切れてしまうようなことはしたくない。

彼女には申し訳ない気もするが、もう少しの間だけ、このまま様子を見ようと思った。

メールを通して打ち明けられる【トモ】の気持ちをもっと知りたい。

その間にもし誰が【トモ】なのかわかるなら、すべてを伏せたままにして、自分が彼女に好きだと告白すればいい、尚二はそう思っていた。

引っ込み思案で目立たなくても【トモ】だとすれば、尚二はその人のことをたくさん知っている。

　もっと親しくしたい。

　尚二は彼女が誰なのか、知りたくてたまらなかった。


　いったい【トモ】は誰だろう。

　教室に座って退屈な授業を受けていると、尚二は必ずそのことを考え耽《ふけ》ってしまう。

　以前もらったメールに『クラスメートの彼を好きになった』とあった。つまり、『二のA』にいる中の誰か、ということになる。

　理数系クラスのここに在籍している女生徒は全部で八人しかいない。

　この中の誰かが【トモ】だということになるのだろうか。

　尚二は一人一人を頭の中に思い浮かべてみた。

　後期の副委員長に同じ男の中から片岡が選ばれてしまったことからも承知だが、確かにこのクラスの女の子たちはおとなしくて物静かな人が多い。唯一の例外が前期の副委員長だった田中で、極端な話、尚二は田中としかまともに喋ったことがなかった。あとの七人は、まずほとんど男子とお喋りしない。いつも女の子ばかりで固まっているのだ。

　田中が【トモ】という可能性はなかった。なぜならば田中はバスケット部の部長だからだ。自分たちの練習を放り出して、部長がぼんやりとトラックを走る尚二を見つめていたりするはずがない。第一、どんなに贔屓目に見ても、田中は尚二に密やかな恋心を抱いて悩んでいるような、控えめな性格はしていない。

逆にほかの七人に関して言えば、これがまた、全員当てはまるようにも思えるし、全員違うとも思える。なにしろ話をしたことさえほとんどないのだから、わかりようがない。

尚二は七人のうち誰に告白されたら付き合ってもいいかな、というふうに考えたりもした。

清水《しみず》だろうか。清水はいわゆるお嬢様だ。医者の一人娘らしく、親の言いつけ通りに医学部進学を希望しているらしい。おっとりおとなしくて上品で、悪くはないが、なんとなく尚二は彼女とどう付き合っていいのかわからない。

山下《やました》だとすれば、彼女はかなり【トモ】の想像からははずれる。ガリ勉で男は無用、という感じの子だし、無口なのだが、それは気が弱いからというより、面倒が嫌で黙っている感じに思える。

井口《いのくち》、木辺《きべ》、下川《しもがわ》……誰だろう。

いろいろと考えを巡らせているのも楽しくはあったが、こんな時間はいっそ無駄なのではという焦《あせ》りも出てきた。

一つには、【トモ】自身がほかにも黙っていることがある、と言っていたことを思い出したからだ。もしそれが、実は彼とはクラスメートではないということを指しているとすれば、女の子の数はかなりのものになる。文系クラスにはここことは逆に、女の中に男が十五人、などというところがあるのだ。全学年の男女比は明らかに男子が多くても、女子も百人近くはいる。その中の誰かを特定することなど尚二にはできない。

自分から探そうという考えは諦めた方がよさそうだった。

では、どうしようかな、と悩んでいるうちに、いつのまにか授業は終わっていた。

「最近ぼんやりしているみたいだね、きみ」

尚二は机の横に立った基紀から声をかけられて、不覚にもハッとしてしまった。

「なに？」

露骨《ろこつ》に嫌な顔をしてしまう。声も不愉快さ丸出しになっていた。

基紀は相変わらず溜息しか出ないような整いきった顔で尚二を見下ろしている。イスに座っているのだからこの目線の位置関係は仕方がないことなのだが、尚二は意味もなくむかついてきた。まるで見下されているようで、文句でもあるのかと凄みたくなる。どうにも自分たちは馬が合わないらしかった。もっともそう感じているのは尚二だけで、基紀は誰を相手にしても同じにしているだけなのかもしれない。

「今週はもう三度目だ」

基紀は尚二に睨まれても怯《ひる》まず、淡々と続ける。

「授業開始の挨拶《あいさつ》は僕、終了はきみ。今週はそういう流れのはずだったと思ったけれど？」

「あ、ああ」

ようやく尚二にも基紀の言いたいことがわかり、バツが悪くなった。尚二がぼんやりしていて号令を掛けないものだから、今週これで三度、代わりに基紀が掛けてくれたのだ。

「すまん。確かに少しぼんやりしていたようだ」

尚二は理由さえはっきりすると、潔《いさぎよ》く非を認めて謝った。

すると心なしか基紀の表情が緩んだ気がする。

「何か……悩み事？」

「え？」

基紀からそんな言葉をかけてくるとは思いもかけず、尚二はびっくりしてしまった。

どういう風の吹き回しだろうかと基紀の顔を見る。

基紀は尚二と目が合うと、すっと長い睫毛《まつげ》を伏せてしまい、僅《わず》かに顔の向きを背けさせた。

うわ……、やっぱり、こいつは綺麗だな、尚二はそう思ってもっと困惑した。

なまじ男だとわかっているだけに、ちょっとした拍子に見せる仕草が、並の女以上に色めいて見えるのかもしれない。油断して無防備なものだから、心に強く響くのだろう。これが最初から女と思っていれば、ある程度は予想もするし、綺麗で当たり前、色めいて見えても無理はない、と構えているから、よほどでないとショックを受けないのではなかろうか。

「べつに詮索する気はないけど」

基紀はいつものようにそっけなく言う。

尚二がじっと顔を見つめていても、もう瞳を合わせようとはしない。

やれやれ、と尚二は嘆息した。

いくら尚二が基紀に興味を持とうとしても、基紀が拒絶するのだから、これ以上に親しくなれるはずがない。

「あんたはいつでもそういうふうに冷たいことを言うよな」

つい憎まれ口をきくと、基紀が軽く唇を震わせた気がしたが、定かではなかった。

「まぁいいけど。とにかく、ここのところの俺の不手際は悪かったよ。来週はちゃんとするから、勘弁してくれ」

「よろしく」

基紀は言い捨てるなり尚二の横から離れていってしまう。

尚二は基紀のほっそりとした背中を目で追いながら、ふん、と鼻を鳴らしていた。

「合わないなぁ……俺とあいつ」

「何ぼやいてんの、安野？」

前の席に座っている男が振り向き、好奇心丸出しの目を向けてくる。

「なんでもないよ」

「なんでもないって感じじゃないじゃん。さっきの片岡との会話、聞こえてたぜ」

「だったら俺に聞くなよ。わかっているんだろ。たぶん、俺と片岡は、先祖が仇敵《きゅうてき》同士だったんだ。きっとそうに決まっている」

「そっかなー？　片岡ってたまに安野のことをじっと見てるぜ」

「粗探《あら》ししてんだよ」

尚二はぶすっとして思いつくままに返事をする。

「あいつそんなに暇人かなぁ？」

「うるさいよ、おまえも。もう前を向いていろって」

彼の姿勢を変えさせたとき、ちょうどまた教室に戻ってきた基紀の姿が目に入った。

基紀は顔を洗ってきたようで、前髪が少し濡れている。そこから雫《しずく》が落ちてきて、透明な水滴がこめかみを伝って顎までスーッとすべる。その一瞬の出来事をたまたま見てしまった。

悔しいけど、綺麗だよな。

認めたくはないが、尚二はまたしてもそう思わずにはいられなかった。


いろいろと考えた末、【トモ】に告白するように勧めるのが一番いいやり方だと思った。

もちろん【ヤスジ】の名前でメール交換をしていることは黙っておく。

これ以上悶々《もんもん》としていると、精神衛生上よくない。基紀に迷惑をかけてすむ程度のことならまだしもだが、クラス全体に波及するような重大なミスをすると問題だ。もちろん、基紀にもこれ以上迷惑をかけられないし、冷たい眼差しで見られたくもない。基紀の前ではできる限り完璧でいたいという変な意地も出てきていた。

心を決めてしまうと、尚二はさっそく【トモ】にメールを出した。

『思い切って告白してみたらどうですか。案外彼の方も、トモちゃんのことを憎からず思っているのかもしれないですよ』

ちょっと照れくさかったが仕方がない。
それは間違いなく尚二自身の気持ちだった。

基紀は『思い切って告白したらどうですか』という【ヤスジ】の打った文字を、穴が空くほど見つめ続けていたが、やがて深い溜息をつくと、パソコンの前から離れた。

そろそろ十時を回りそうな時間になっているが、相変わらず家中はしんとしている。いつものようにキッチンでコーヒーを淹れながら、基紀はずっと尚二のことを考えていた。

告白したところで、彼は憤慨して怒り出すだけに違いない。基紀はほとんどそう確信していた。たぶん、尚二は基紀にいい印象など持っていないはずだった。以前に比べたらずいぶんと口をきく場面が増えたものの、向き合っていればそれだけ彼の苛立ちが如実《にょじつ》に伝わってくる。尚二は理由もなく相手を嫌うような男ではないはずだが、基紀に対してだけは例外なのかもしれない。基紀自身でさえ、たまに自分の落ち着き払って淡々とした言動に嫌気がさすくらいなのだから、尚二に不愉快だと思われても仕方がないだろう。

ほかのクラスメートにはもう少し柔らかな態度で接することができるのに、どうしても尚二相手だとだめなのだ。同じように気安く振る舞えない。好きだからこそ緊張してしまい、固くなってしまうのだ。そしてそのことを悟られないようにするために、無表情な仮面を被ってしまう。

せめてもう少し友好的に接することができればいいと思う。

基紀はもともと尚二に好きだと告白する気はなかった。

もしも自分が女の子だったならば、こうして【ヤスジ】に背中を押してもらった段階で、勇気を奮《ふる》い立たせたのかもしれないが、いかんせん現実は事情が違う。【ヤスジ】が思い切って告白すればいいと勧めるのは、【トモ】を女の子と認識した上でのことだろう。これがもしも本当は男だと知っていたら、きっとまた違うアドバイスをくれたのかもしれない。それより困惑しただけだろうか。

ゲイの悩みはゲイにしか理解してもらえない気もした。

【ヤスジ】はたぶんゲイではないだろう。

そしてごく最近気がついたのだが、【ヤスジ】は基紀がずっと勝手に思っていたほど年上などではないようだ。来週行われる実力テストの勉強をしていると近況報告したら、それを受けて【ヤスジ】も、お互い大変だよね、と返信してきたからだ。基紀も一読したときには読み流してしまったが、後から、あれ、と訝《いぶか》しく思った。意外と同じ歳くらいなのかもしれない。もしかすると自分は同年輩かもしれない【ヤスジ】に、ひどく甘えていたのかも、と気恥ずかしくもなった。【ヤスジ】にも恋の悩みくらいあるのかもしれないのに、聞いてもらうばかりで通してきたとは、無頓着なことをしたものである。

「僕の悩みはもういいから、今度は【ヤスジ】のことを聞いてみようかな」

尚二とは今のまま、クラスメートでたまに話ができる程度でもラッキーだと思わなければいけないだろう。少なくとも毎日顔を見ることができるし、声を聞くことも、ちょっとした連絡事項のために会話をすることもできる。タイミングがよければ、前したように、また駅までの道のりを並んで歩ける可能性もある。だからそれでよしとする一方で、せっかく知り合って親しくなれた【ヤスジ】のことを、もっと大切にしたかった。

基紀は尚二にはほとんど自分というものを素直にさらけ出すことができないが、【ヤスジ】にはかなりなんでも打ち明けて話してきた。

【ヤスジ】とも、恋とは別の感情で、このままずっと長く付き合っていきたいと思っている。寄りかかるだけではなく、彼にも少しくらい頼りにされたい。同年輩とわかれば尚更その気持ちは募った。

本当は自分が男だという事実を、そろそろ正直に明かして謝った方がいいのかもしれない。だから告白はできなかったけれど、相談に乗ってもらえてとても嬉しかったし勇気づけられたと素直に打ち明けてしまえば、今度は男同士として、もっと腹を割った話もできるだろう。

コーヒーを飲みながら、つらつらとそんなことを考えていたところに、電話が鳴った。

基紀が応答すると、『内田です』と相手が名乗る。

「どうも、こんばんは、先輩」

内田からの電話は定期便のようなものなので、基紀も気軽に応じた。どうせ今夜もたいした用事はないと思っていた。

だが、内田にはいつもの軽快な調子がなく、心なしか緊張しているようでもあった。

『明日生徒会の定例会があるんだろう？』

「はい」

『もちろん出席するつもりなんだよね？』

基紀はどうしてわざわざそんなことを聞くのかなと訝しく感じたが、はい、と返事をして相手の出方を待つことにした。

『あ、そうだよね。ならいいんだけど』

内田は少しの間沈黙してから、また思い切ったように続ける。

『あのね、片岡……、定例会の後にちょっとだけ時間を作ってくれないかな。たいして手間は取らせないと思うんだが』

「僕はべつに構いませんけれど。先輩の方こそ、大事な時期なんじゃないですか？」

『受験のことなら俺はもう内申書で内部進学が確定しているから平気なんだ』

「そういえば先輩はうちの大学に進学を希望されていたんでしたよね。じゃあもう安心ですね」

『まあね。きみみたいに立花に来てわざわざ他大学に行こうとは思わなかったよ』

基紀と内田は互いにほんの少しだけ笑い合った。さして意味のある笑いでもないし、会話自体がぎこちなくてしっくりとこないので、基紀は居心地が悪くて仕方がない。

「あの、どういう用事ですか？」

思い切って聞いてみると、内田は微妙に言い淀《よど》む。

『うん……それは、会ってから直接言いたいんだよね。ちょっと電話じゃ言えない』

「なんだか意味ありげですね」

『片岡が時間を割《さ》いてくれたら俺はすごく助かるんだ』

内田の口調が少し熱っぽくなった気がした。

基紀はまた、はい、と曖昧《あいまい》な気持ちのまま返事をした。

「じゃあ、どこに行けばいいですか？」

『ポプラ通りの喫茶店で待っていることにするよ。書店の横の、えっと、ブティックの二階にある感じのいい珈琲専門店、わかる？』

「わかります。『銀杏《いちょう》の木《き》』ですよね」

『そう、そういう名前だったかな』

だいたいの時間も決めて、電話を切った。

基紀はしばらくの間フックに戻した受話器を見つめていたのだが、やがて首を一つ振ると、コーヒーカップに熱いおかわりを入れ、自分の部屋に戻った。


待ち合わせの喫茶店で向き合うと、内田はまず、「来てくれてありがとう」と礼を言った。基紀は当惑しながらも、いえ、そんな、などと小さく返す。

待っている間読んでいたらしい文庫本が、内田の長い指が目立つ右手の下に置かれている。先ほどから内田の指は、本の表紙を落ち着かなさそうに軽く叩き続けている。書店のカバーがかかったままなのでなんの本かはわからなかった。基紀もそれを特に知りたいと思ったわけではないが、どうにも空気が重いので、気を紛らわせるために話題にしてみる。

「それはなんという本ですか？」

「え？　ああ、これ……えっと、トマス・ハリスの『ハンニバル』の下巻」

「そういえば話題になっていますよね、それ。面白いですか？」

「面白いよ」

一旦会話が途切れてしまう。

基紀はその小説を読んでいなかったので、単に面白いとだけ返事をされても、次にどう返せばいいのかわからなくなる。

仕方なく黙って目を伏せた。

なんだか今日は、いつも見慣れているはずの内田の顔が、まるで違う人のもののように感じられてしまう。雰囲気も普段とは違っていた。真剣というのか切羽《せっぱ》詰まっているというのか、不用意な発言をすると、何かとんでもない地雷を踏んでしまいそうな気がするのだ。

「あのね、片岡……」

とうとう内田が重い口を開く。

基紀もなぜだか背筋を伸ばして真摯《しんし》な態度で内田の言葉を待ち構えてしまう。

「俺の気持ちにはもうとうに気づいているかもしれないけど、やっぱり一度きちんと言っておきたいと思ってね」

「先輩の気持ち、ですか?」

「ああ」

内田はふっと優しく笑った。

「なんだ。もしかして、ぜんぜんわかっていなかった?」

基紀ははっきりと困惑の表情を浮かべて内田を見返すしかない。

今、この場でやっと、内田が今日会って欲しいと言い出した理由に気がついたのだ。鈍いにもほどがある。春からこっち、あまりにも尚二のことばかり想っていて、周囲に目を向けていなかったのだ。自分でも信じられなかったが、基紀は内田の気持ちに少しも気づいていなかった。

「じゃああらためて言おうか」

内田が組んでいた長い脚を下ろして、居住まいを正した。

「実は俺は片岡のことがずっと前から好きなんだ。後輩としてかわいいとかではなくて、男同士だけど、恋愛対象として好きだ。俺と付き合ってくれないかな」

基紀は唐突すぎて、どう返事をすればいいのかわからない。

戸惑ってしまうばかりである。

内田は真剣な瞳をしていた。こんな彼は初めてで、基紀が、冗談ですよね、と言い抜けてしまえるような隙はどこにもなさそうだった。ついさっきまでの落ち着かない様子が嘘のように、毅《き》然《ぜん》としている。

基紀には内田がひどく大人びて見えた。

今日校内ですれ違ったときに見かけた、友人と談笑していた内田と、今基紀の前に座っている内田とは、まるで違う人のようだ。

「男は……だめ？」

内田は当惑している基紀に、やんわりとそう聞いてきた。

「……僕、内田先輩のことを今までそういうふうな目で見たことがないので、わからないんです」

ないよ。ノンケ……ノンケって言葉の意味はわかるよね、も

「でも、きみは男でも大丈夫な人じゃない？」

辛抱強く内田が質問を重ねる。

「違っていたら謝るよ。僕は同じ嗜好《しこう》の男はなんとなく雰囲気でわかるんだ。もちろん、だからきみを好きになったというわけでもないよ。ノンケ……ノンケって言葉の意味はわかるよね、もしもきみがノンケだったとしても、好きにならずにはいられなかった。告白する勇気はなかったかもしれないけれどね」

そこまで言われても、基紀はまだ適当な言葉が見つからない。

「考えてみてくれないかな」

内田は基紀を急《せ》かしはしなかった。

「よかったら恋人として付き合って欲しいんだ。もちろんすぐには返事ができないというなら、しばらくは友人としてでもいい。それとも俺のことは嫌い？」

「嫌いではないです」

「じゃあそうしようよ。気楽に考えてくれていいから。今までどおり電話で話したり、そうだね、一緒にどこかに行ったりしてくれればいいよ。まずは友達付き合いをしてみて、それからあらためて返事をしてもらえると嬉しいんだけど」

「もう少し、考えてもいいですか。今すぐは何も返事ができそうにないんです」

基紀は躊躇《ためら》いながらも慎重にそう言うにとどめた。

頭の中で思考の糸が縺《もつ》れてしまっている。

自分自身が尚二という男に好きだと告白することを諦めるべきだと考えていた矢先の、この不意に降ってわいたような出来事に、どうにも頭が働いてくれないのだ。

「わかったよ」

内田には余裕が感じられ、いつも以上のかっこよさがある。

「惚れた弱みだ。少しだけなら待ってあげる」

でも、とすぐに付け足す。

「待つからにはできるだけいい返事を頼むからね、基紀」

内田が基紀を名前で呼ぶのは初めてだった。

基紀は最後まで平静に戻れないまま、内田と喫茶店を出たところで別れた。


内田の告白は基紀を驚かせたと同時に、新たな気持ちも生じさせてくれた。

自分もそんなに堅苦しく構えないで、尚二に好きだと言ってみようか、という気になったのだ。

もちろん、多少事情が違っていることは承知の上だ。基紀はもともと男しか好きになれないタイプだから、内田に唐突な告白をされても、驚きこそしたが嫌悪はしなかったのだが、尚二もそうだとは思えない。気持ち悪がられるかもしれないし、今以上にぎくしゃくした関係になってしまうかもしれない。

けれど基紀はそれでもいいから言うだけ言ってみようかなと思い始めていた。

凛《りん》とした態度の内田に影響されたのかもしれない。

言わないとなにも始まらないのだし、今の関係も決して良好とは言い難いのだから、これ以上悪くなりようがない気もする。

少なくとも尚二は他人の気持ちを汲《く》み取れない男ではないはずだ。

基紀の特別な感情を知っても、周囲に言いふらしてからかったり、軽蔑の眼差しで見たり、そんな子供のように心ない行動に出ることはないだろう。

怖いけれど勇気を出して告白しようと思った。

結果がノーで当たり前と考えていれば、それほど傷つくこともない。万一にも「友達としてならいいよ」とか「付き合ってもいいよ」だったとしたら、基紀は逆に夢ではないかと信じられない気分になるだろう。

そうとなれば告白は早い方がいい。

先送りしているとせっかくの決心が鈍ってしまう。

明日学校で言おう、と決めたのだった。

「安野くんのことが好きなんです」

昼休み、図書館の裏に呼び出された尚二は、そんなふうに告白された。

「わたしでよければ、付き合ってください」

彼女はそう続ける。

少し俯《うつむ》き気味にした白い顔が、恥ずかしそうにほんのりと赤くなっている。

この子が【トモ】だったんだ、と尚二は嬉しさでいっぱいになった。

尚二の予想をほとんど裏切らない彼女を現実に目の前にして、やっぱり思ったとおりの人だったという安堵《あんど》感と、不思議な縁に感動する気持ちが湧いてくる。趣味でやっていただけのインターネットで、こんなにすてきな彼女と知り合えるなんて思ってもみなかった。本当にどこでどうなるかわからないものである。

「いいよ」

尚二が答えると、彼女はそっと顔を上げた。

真っ赤になっているのは、信じられないように嬉しいからのようだった。

「本当ですか？　あの、本気ですか？」

「もちろんだよ」

なんて可愛い人なんだろうと思って、尚二は自然と顔中に笑みを浮かべてしまう。

【トモ】は結局、隣のクラスの子だったのだ。

長くてさらさらの綺麗な髪も、大きな瞳も、礼儀正しく控えめでいながら、要所要所はしっかりと意思表示するところなども、こんなに思い描いたとおりでいいのかと、自分に都合がよすぎるように感じられるほど、尚二の想像していた人物像に近い。

しかし彼女は絶対に【トモ】なのだと、尚二は信じていた。【ヤスジ】として【トモ】に告白を勧めるメールを出して二日後である。このタイミングは偶然とは思えない。

おそらく彼女は丸一日悩んだのだろうな、と思うと、いじらしくてたまらない。ここから先はちゃんと自分がリードして、彼女を悩ませないようにしたかった。

「隣のクラスだよね」

「はい。柿添《かきぞえ》亜矢《あや》です」

どうやらハンドル名は名前から付けたものではないようだ。

「じゃあ、よろしく、亜矢さん」

もう少しで、トモちゃん、と言いそうになるのを抑えて、尚二は交際を約束した。

とりあえずサイトのことはまだ秘密にしておこうと思う。今日の夜にでも彼女が【ヤスジ】に告白が成功したと報告するメールをくれるかもしれない。彼女の気持ちがもっとたくさん知りたかった。面と向かっては絶対に言えないようなことでも、【ヤスジ】にならば伝えてくれるかもしれない。その恵まれた立場を、まだ捨てたくないと思ってしまったのだ。人の心を盗み見してしまうような罪の意識は多少あるが、それより好奇心の方が僅かに勝っている。

尚二は彼女と並んで校舎に戻った。

そろそろ午後の授業が始まる時間とあって、皆も教室に戻りだしていた。

なんのかんの言いながら、彼女を作って交際するのは久しぶりである。亜矢も緊張していたようだが、尚二も少し照れていたので、隣のクラスの廊下で彼女と「じゃあまたあとで」と約束して離れるまでに、ほとんど気の利いた会話を交わせなかった。

自分の教室に戻ると、さっそく仲のいい友達が三人寄ってくる。

「見たぞ、見たぞ」

「図書館の裏！」

皆に一斉にからかわれ、「この、この」とか「色男」とか、言われて肘でつつかれた。

「おまえもとうとう年貢を納めたか！」

「これで迷っていた子たちが一気に他の男に目を向けるぞ。でかした！」

「柿添はかわいいもんなー。おまえがオーケーしたのもわかるよ」

尚二はこういうことで騒ぎ立てられるのが本意ではなかったので、弱って頭を掻く。学内の情報網には驚くばかりだった。

「そう冷やかさないでもいいだろーが……。俺が清く正しい男女交際を始めるのがそんなに意外なことかよ?」

「だって、今までは誰にコクられてもオッケーしないって評判の男だっただろうが」

「おまえ本当はずっと柿添が好きだったんだろ?」

「いや、まぁ、どうかなぁ」

曖昧に答えながら、ふと視線を感じてそちらに目をやる。

自分の席に座ってじっとこちらを見ていたような基紀とまともに目が合った。

基紀は視線が交わったとたん、何かまずいことでもあるかのように、慌てて尚二から顔を背けてしまった。

なんだ、あいつ、と尚二は嫌な印象を受けて眉を顰《ひそ》める。女の子に告白されていい気になっているやつだと軽蔑されている気がして、不愉快だ。悔しかったらおまえも彼女を作ってみろ、と言ってやりたくなる。基紀とはとことんソリが合わないとしか思えなくて、もううんざりだった。

「とにかく仲良くガンバレ!」

学友たちの無責任な応援を受けながら、尚二は基紀のせいで苦々しい気持ちでいっぱいだった。せっかく【トモ】が誰だかわかった最高の日だというのに、昂揚《こうよう》した気分に水を差されたようなものである。

なぜ基紀にあんなふうに含みのある視線で見られないといけないのか、と思う。癪《しゃく》に障るし腹も立つ。せめてもう少し彼が心の中で思っていることを尚二にぶつけてくれたら、こっちにもやりようがあるのだろうが、基紀は言葉の代わりに沈黙で応じることが多い。

いくら尚二が人見知りせず、誰とでも付き合える性格をしていても、これではどうしようもない。

もうこのままでもいいかなと考えることもしばしばだった。

二年生の終わりまでクラス役員としてなんとか一緒に行動すれば、あとはまた無関係でいられるわけだし、向こうもそれを望んでいるだろう。

せっかく彼女もできたことだし、基紀のことで煩《わずら》わしい気持ちになるのはごめんだ、と思った。

その日の放課後、尚二は亜矢と連れだって帰った。

どちらも告白直後よりは落ち着いており、いろいろな話ができた。

「俺のこと、いつから知っていてくれたの？」

「うーん、知っていたのは一年のときからだけど、いいなと思い始めたのは、二年の春にあった体育祭がきっかけかな」

「もしかして目立ってた？」

「目立ってた」

尚二が冗談半分で聞いたことに、亜矢はにこにこしながら即答で頷いた。

五月の終わりに行われた体育祭で、尚二は応援団長などというものを務めさせられたのだ。全学年をクラスごとに縦割りし、四グループに分けたうえで、それぞれのグループから応援団長を出さないといけなかった。尚二は三年の先輩たちから「おまえが適役だ」とさんざん凄まれて、半ば仕方なく引き受けた。隣のクラスの亜矢とは同じグループだったので、その頃は尚二ももちろん気づいていなかったが、応援合戦の練習などをずっと一緒にしていたのだろう。

「体育祭終了後に何人も告白しに来たでしょう？」

「まぁね。そういうこともあったなぁ」

「でも安野くんは誰にもオーケーしなかったんだよね」

亜矢は尚二を黒目の部分が目立つ瞳で見上げて、茶化すようなことを言う。

「わたしは勇気がなくてそのときはパスしたの。でも、待っていてよかった」

確かに、その当時に告白されていたとすれば、尚二が亜矢を振っていた可能性は高い。すでに【トモ】とはメール交換を開始していたものの、今のように具体的な好意までは抱いていなかったし、まるっきり彼女と【トモ】を結びつけて考える要素もなかったのだ。

二人の帰る方向は電車の線まで同じだったので、喫茶店などに寄って話さなくても、別れるまでにかなり長い間一緒にいられた。

さまざまなことを話したのだが、インターネットの話題は一度も出なかった。共通の趣味であるはずのハイキングや野山の散策を匂わせるような会話もなく、それだけは少し残念な気がした。もっとも、亜矢は尚二が【ヤスジ】だなどとは夢にも思っていないだろうから、これは単に尚二が先走りしすぎているだけである。付き合っていればそのうちいやでも互いがアウトドア思考で自然好きなことはわかってくるだろうから、焦る必要もない。

二人で比較的歩きやすいルートを楽しめたらな、と尚二は先のことに思いを馳《は》せた。

自分が過去に経験した中にも、これはいいのではなかろうか、というルートがいくつかある。自然をより深く堪能《たんのう》するには季節を考慮することが大切で、できれば十一月中に一度行けたらいいと思う。もともと十二月から二月の間は、山歩きの趣味は休むことにしている。見所が多いのはやはり春から秋までのスリーシーズンだと思うからだ。春・秋の気候のいいときが歩くには適しているが、尚二は夏に汗を流しながらひたすら歩くのも好きだった。

「今度の日曜日は映画でも観に行こうか」

別れ際に尚二から誘うと、亜矢は嬉しそうに瞳を輝かせた。

「観たい作品があったの！　楽しみ！」

どうやら亜矢は映画鑑賞も好きらしい。

もっとたくさん彼女のことが知りたいと思う尚二だった。


家に帰ると、いつもの習慣に従ってパソコンの電源を入れた。

立ち上がるまでに着替えをしようと、尚二がマシンの前を離れかけたとたん、突然バチッという異常音がする。

画面に薄気味悪い意味不明な文字列が流れていると思ったら、次にそれもかき消え、真っ暗になってしまう。

尚二はびっくりしてしまった。

こんなことは初めてだ。

キーボードをランダムに打ってみても、何も反応しない。機械の動作音は続いているので強制終了をかけようとしても、それも受け付けない。

「あちゃー」

尚二は手のひらで目を覆ってしまう。

どうやら不具合が起きて、パソコンが壊れてしまったらしい。

ホームページは自分で作成しているが、ハード面の知識はほとんど持ち合わせていない。これは電器屋に修理を依頼するしかなさそうだった。

早い方がいいので、すぐに購入先の家電店に電話をした。

明日の昼に一度様子を見に来てくれるという。尚二は家族に頼んでおくので、よろしくお願いしますと言った。

「持ち帰りで修理をお願いするとなると、どのくらいかかるんですか？」

尚二の質問に、相手は現物を見てみなければわからないと前置きしたあと、できれば三週間ほどみていただいた方がいいかもしれないと答える。

三週間もかかるというのは辛い。

不幸中の幸いは、つい二日前にバックアップを取ったばかりだったことだ。

それにしてもそんなに長い間パソコンがないのはいろいろと困るだろう。ホームページの更新が滞《とどこお》る理由も掲示できないし、メールを受け取ることもできない。これまでがまめに更新してきただけに、常連で覗きにきてくれている連中を心配させもするだろう。

一番困るのは、【トモ】からメールが来てもそのまま放置しっぱなしになることだ。

【トモ】はきっと理由がわからずに困惑するに違いない。しかし、突然携帯メールで連絡するわけにもいかなかった。亜矢に今日携帯の番号を教えたばかりだ。尚二の持っている携帯で送るメールは、電話番号がそのままメールアドレスとして表示されてしまう。これでは【ヤスジ】が尚二だとバレバレで、こんなふうにばらすくらいなら、まだ直接言葉で伝える方がいい。どうしようかな、と思ったが、結局このままにしておくことにした。

亜矢には毎日会えるわけだから、逆にそういう相談を尚二にしてくるかもしれない。そうすれば尚二は、相手のパソコンが壊れてしまい、現在修理中なのでは、という可能性を、さりげなく教えてあげられる。それが一番いい考えだと思ったのだ。

そこでパソコンの話になり、どんなふうに活用しているのかとか、インターネットはするのかといったことを聞いていけば、かなりいい感じになるだろう。

パソコンが壊れたのはショックだが、壊れたものは仕方がない。タイミングとしても最悪ではないと尚二は思うことにした。【トモ】の相談にも一区切りついているはずだし、亜矢と交際することになったばかりだ。

この際だからしばらくサイトのことは置いておき、現実の交際に身を入れることにする。【トモ】にとってもその方がいいだろう。

尚二は壊れたパソコンを眺めながら、そうやってこのことを割り切った。

基紀はすっかり動揺してしまっていた。

こんなことがあるのだろうかと、あまりの運のなさに苛立ちすら覚えてしまう。

ようやく基紀が勇気を出して尚二に好きだと言おうと決めた矢先に、なんと隣のクラスの女の子に先を越されてしまったのだ。しかも、尚二は彼女と交際することを承知したらしく、クラスメートたちが騒いでいた。

本当ならさっさと諦めないといけないのだろうが、こんなにも中途半端な気持ちのまま投げ出されてしまった基紀は、おいそれと思考を切り替えることができない。

女に生まれればよかったなどとは、これまで一度も考えたことがなかったが、今度ばかりは心の片隅でちらりと思ってしまった。女の子はいい。性別のことで悩むことなく、男に好きだと告げられる。基紀の半年もの間の悩みなど、彼女たちは最初から露《つゆ》ほども抱かないですむのだ。

告白しても結果は期待できなかったが、こんなあっけない結末を迎えるとも思わなかった。

基紀はなかなか立ち直ることができず、パソコンの前に座る元気もなくて、ぼんやりと勉強机に頭を預けて伏せていた。

いつのまにか母親が帰宅していて、階下で物音がしている。基紀がそれに気づいて時計を見たとき、時刻は九時を回る頃だった。

とにかく、【ヤスジ】にメールを出そう、と思って、基紀はパソコンの前に座り直した。

告白する前にほかの女の子に先を越されてしまい、見事に失恋してしまいました、と打つ指が震えてしまう。

どうしてこんなことになるのかわからないと思って、一瞬だけ怒りが湧いてきた。

もちろん自分自身に対する怒りだ。

ぐずぐずと考え込んでいるからこんな結果になるのだと、誰かに嘲笑《あざわら》われている気がする。内田の告白を聞いてからでなければ決心できなかったのも狡《ずる》かったのだ。基紀の臆病さ加減に比べたら内田はとても男らしい態度で臨《のぞ》んでいた。基紀が同類かもしれないという手応えはあったにせよ、ちゃんと付き合ってくれと申し込むまでには、内田もひとしきり悩んだに違いない。

【ヤスジ】にメールを送信してしまうと、基紀はパソコンの電源を落とした。

今夜はもう早く寝てしまいたい。

明日からは、女の子と交際し始めた尚二をずっと目の当たりにしなければならないのだから、これまで以上に感情を抑えて向き合う必要がある。考えただけで疲れそうだ。

宿題がいくつか出ていたが、やる気になれず、基紀は風呂に入るとそのまますぐにベッドにもぐり込んでしまった。


覚悟していたことではあったが、実際に尚二が彼女と一緒にいる姿を目にすると、基紀は胸が痛んで苦しくてたまらなかった。なるべく目に入れたくないので、廊下ですれ違うときにもつい足が速くなったり、顔を背けてしまったりする。

そういう基紀の態度がまた尚二を不愉快にさせているらしいのは、二人で事務的な会話をしているときに、彼の言動の端々から伝わってきていたのだが、あるときとうとう正面切って質問されてしまった。

「あのさ。あんた、もしかしなくても俺のこと嫌い？」

基紀はどう答えていいのかわからず、表面だけは落ち着き払ったいつもの態度で、黙って尚二のことを見つめているしかなかった。

尚二が深い溜息をつき、手にしていたプリントを基紀の机の上に放り出すようにして寄越してきた。

「いいけどね、べつに。とにかく決まったことはやらないと仕方がないんだから、お互い我慢して年度末を待とうぜ。それ、今日のクラス委員ミーティングで配られたプリント。あんたも読んでおいてくれよ」

基紀はとりあえずプリントを拾い上げて視線を落とす。

その動作をじろじろ見ていた尚二が、わかんないな、と呟いた。

「どうしてあんたは副委員長なんて押しつけられたときに、はっきりと断らなかったんだ？　担任も大丈夫かとわざわざ確認していたじゃないか。少なくともこのクラスの中で、あんたにだけは正当な断る理由があったんだからさ」

「僕はべつに断る理由があると思わなかったからね」

基紀もやっと言葉が出せたが、自分でもはっとするほど冷静で、感情を殺した物言いになってしまい、嫌気がさすほどだった。

「副委員長なんてほとんど名前だけだし。きみが欠席したとかの突発事項がない限りは、たいした仕事も分担していないからね。誰がしても同じだと思ったから引き受けただけだよ」

本音はもちろんまったく違う。

基紀だってそれほどお人好しではない。尚二が委員長になったから、自分もそのまま了承しただけのことだった。これが別の誰かと組む話なら、担任に言われる前に自分から断っている。だいたい生徒会役員が副とはいえクラス委員を兼務するなど、よほどでないとあることではない。

「あんたさあ……俺のどのへんが嫌？」

「どこも嫌じゃないよ」

「怒らないから正直に言ってくれないかな」

尚二は基紀の前の席のイスを引いて馬乗りに座ってしまった。

「ちょっと腹を割って話そうぜ。本当はもうこのままでもいいやって思ってたんだけど、最近少し気が長くなったんだ。誰かとしっくりいかないのも疲れるしね」

基紀は困って、視線をそらしたまま、微かに頷くしかない。

彼の言う「最近」というのが、彼女と付き合いだしてからという意味なのかと考えると、胸が痛んでしまって平静でいるのが難しい。

「……あんたは疲れない？」

「僕は本当にきみのことが嫌いじゃないけど」

基紀は尚二の誤解を解きたくてもう一度繰り返す。

「どうしてそう思うわけ？」

「そりゃあ、いつもいつも冷たい目で見られたり、用件ばかりで雑談するのを拒絶しているみたいな態度でこられたら、俺じゃなくてもそう思うだろ。かといって、クラスの他の連中に言わせると、そんなことはない気のせいだろうって言うし。俺に対してだけなんだとすれば、これは相当に嫌われてるのかなって、当然考えるぜ」

「単に緊張しているだけなんだけど」

「はぁ？」

尚二が、わけがわからないという感じで聞き返すので、基紀はせっかく正直に言った言葉も、冗談だと言い直して、うやむやにしてしまった。

尚二はうーん、と唸《うな》り声を出し、ガジガジと指で頭髪を掻き乱した。

「なんかすっきりしないよな。……まぁいいか。とにかく、ちょっと仕事の話をしとこうぜ」

「ああ」

教室にはまだほかにも数名残っており、いくつかのグループに固まってギャーギャー騒いでいる。

「ここはうるさいな。もう帰るんだろ？　確か駅までは一緒だったよな。帰りながら話そうぜ」

「いいけど」

基紀は躊躇《ためら》いがちに付け足す。

「今日は彼女と一緒に帰らなくていいのか？」

「いいよ」

先に返事をしてから、尚二はまじまじと基紀を見つめてきた。面白そうな表情になっている。

「あんたでもそういうことに気を回すんだな。へぇ。ちょっと意外かも」

「あれだけ派手な噂になっていれば、誰でも少しは気にするよ」

「つまり、そういう言い方が嫌味っぽいっていうんだよ」

尚二がいきなり立ち上がり、自分のカバンを取りに行ってしまう。

離れた席から、顎で行くぞと合図され、基紀も尚二の背中に続いて教室を出る。

またしても雰囲気よく話が弾むという感じではなくなっていたが、駅までの間に尚二はさっき基紀に寄越したプリントの説明をし始めた。

「一般生徒の参加は希望者のみだが、俺かあんたのどっちか一人は必ず出ないといけないってことになってる。どうする？　片岡はこういうの好きじゃないんだろ？」

今二人が話し合っているのは、秋の恒例行事の一つで、全学年合同で希望者のみという、柿狩りバスハイクのことである。長距離の移動にはバスを使うものの、ハイキングを兼ねているので、バスを降りた地点から八キロほど歩く。途中の休憩ポイントが柿を栽培している農園で、そこで目的の柿狩りと昼食になるのだ。そこからさらにバスが先回りして待機しているところまで歩き、また学校までをバスで戻る、という行程になっている。

尚二はどうやら基紀のことを、部屋の中に籠もって本ばかり読んでいるようなタイプ、だと思い込んでいるようだった。だからそんなふうに聞くのだろう。

「僕はハイキングが好きだから、参加するよ」

この返事は、尚二にはかなり意外なようだった。

あからさまに驚いた表情をする。

「へぇ、そう。それはまた……知らなかったな」

「去年も葡萄《ぶどう》狩りハイクがあっただろう、実はそれがきっかけで、ハイキングに行くのが好きになったんだ。興味が出てきたら、とりあえずなんでもやってみる性格だから、以来何度か一人で野山歩きをしている。自分で適当に歩くのも悪くないけど、詳しいルートを紹介してくれている本もあるし、サイトを検索しても結構その手のページがヒットするから、その通りに歩いてみたりもしたよ」

「サイトって、あんたインターネットしてるわけ？」

尚二は、また思いもしないことを基紀が言った、とばかりに目を瞠《みは》っている。

「見ているだけの人だけど」

「へえぇ……なんかすごく意外だな。もちろんパソコンを扱うのはイメージ通りだけどさ、ハイキングが好きってのはね」

「そんなに詳しくはないけど、野鳥観察とか植物観察なんかにも興味があるよ」

基紀は淡々としたいつもの調子で言い添える。今となっては無駄な努力かもしれないが、少しでも自分のことを尚二に知ってもらいたい。見てくれは確かに出不精の貧弱な男と思われても仕方ないが、本当の自分はそうではないことを認めて欲しい。基紀はいつになく口数を多くしていた。

「去年のコースは本当に楽しかった。今年のも楽しめるといいけど」

基紀がそう言うと、尚二はすかさず、

「いいコースだからきっと楽しめるぜ」

と即答する。

自信たっぷりに断言する尚二に、今度は基紀の方が訝しくなる。

「今回行く辺りの土地に詳しいわけ？」

「詳しくはない。行ったことがあるわけでもないし。ただコースの説明を詳しく聞いたから、楽しめそうだと思っただけだ」

「じゃあ、きみもハイキングが好きな方なんだな」

「まあね」

基紀はますます落ち込んできた。

もしかすると趣味も合ったかもしれない男だったのにと思うと、告白するチャンスさえなくしてしまった自分が悔しくてたまらない。普通ならこのまま親しい友人になればいいはずだったが、基紀の場合それは考えられないことだ。男女間に友情が成立しにくいと言われるのと同じである。恋している相手と親密な友情を築き上げていくような器用なことは、基紀にはできない。それくらいならばいっそのこと、無関係な他人でいる方がまだましだ。

「なら俺も片岡も揃って参加するって報告するからな。たぶん世話係ってことで役割分担が回ってくると思うが、いいよな？」

「構わないよ」

心なしか尚二の態度が和《やわ》らいだ気がする。

基紀は安堵すると同時に、もっとこうしてどんどん自分をさらけ出していくといいんだなと、遅蒔きながらわかってくる。好きすぎて、嫌われまいとして臆病になってしまうことで、逆に尚二を傷つけていたのかも、と思う。少なくともほかのクラスメートとはもっとスムーズに、屈託ない態度で接しているわけだから、尚二が納得できずに苛立つのも無理はない。

「今度はパソコンの話でもしようぜ」

別れ際に尚二がそう言った。

基紀は嬉しかったが、手放しで喜べないのが残念だった。

彼にはもう彼女がいて、基紀のことを恋の対象として見てくれることはないのだ。


【ヤスジ】から返信がない。

メールチェックをしたとたんに基紀は落胆していた。

今までは、こちらがメールを出すと、必ず翌日中には返事が届いた。旅行でしばらく家に戻らないから、というときには、事前にその日取りを教えてくれていた。

どうして今回に限り【ヤスジ】はメールをくれないのだろう。

基紀は自分が打った送信済みのメールを読み返しながら、あれやこれやと考え込んでしまう。

恋愛の相談をされるのが、本当は嫌でたまらなかったのだろうか。

ぐじぐじしていたので愛想を尽かされてしまったのだろうか。

挙げ句の果ての結果が「失恋しました」などという暗いものだったから、もう知るか、と匙《さじ》を投げられたのか。

どれもあり得そうだった。

基紀は激しく後悔した。

趣味のサイトで知り合った人だったのに、最近はまるで関係のないプライベートなことばかり書き送っていた。【ヤスジ】は【トモ】の恋愛などたいして興味もなかっただろう。ただ基紀がしつこく経過報告のようなものをしてくるから、仕方なく付き合ってくれていただけかもしれない。

基紀はどうしよう、と悩んだが、このまま【ヤスジ】との縁が切れてしまうのは嫌だったので、もう一度メールを打った。

タイトル欄には『どうしたんですか』と入れた。

【ヤスジ】がこのメールを未開封のまま削除したりしないでくれればいい、と祈るような気持ちである。

今【ヤスジ】にまで嫌われたら、基紀は自分を保って平然としていることなど、とてもできそうになかった。

水族館に行こうよ、と内田に誘われたのは、その週の土曜日だった。学校は休みの日である。内田に熱心に口説かれたせいもあったが、基紀自身、そろそろ気分転換しないとまずいと自覚していた。

基紀は相当に落ち込んでいたのだ。

二度目のメールにも【ヤスジ】からの返信はなかった。何かあったのだろうかとホームページを見に行っても、更新されていないというのがわかっただけで、どんな情報もない。ここには掲示板が設置されていないし、オフ会に参加した経験もないから、基紀には【ヤスジ】のサイトでの交友関係が皆無だった。誰にも確かめる術がない。

ひょっとしてパソコンが壊れたとか、病気で入院したとか、可能性はいくつでも考えられるものの、どれも決定的なものではなく、基紀の現在の精神状態では気楽にアクシデントだと信じるだけの余裕がなかった。

対する内田は爽快で潑剌とした表情をしていた。

基紀と出歩けることがとても嬉しいらしく、浮き浮きしている。

「受験戦争からも一足早く離脱できたし、きみは俺とデートしてくれるし、飛び上がりたいくらい嬉しいよ」

デートなどと表現されると基紀は困ってしまう。そういうつもりはなかった。なのにはっきりと断り切れなかったのは、これ以上孤独になるのが怖かったからだ。内田のことは嫌いではない。一度くらいなら、友達として一緒に出掛けてもいいと思っただけだった。

「基紀のことが好きだよ」

内田は何度もその言葉を繰り返す。

混み合った水族館の中を歩いているときには、どさくさに紛れて手を繋いできた。基紀がびっくりして内田の顔を見ると、内田は片目を瞑《つむ》ってさらに指に力を入れる。

「このくらいしてもいいだろう?」

「でも、誰かに気づかれたら」

「大丈夫だよ。こんなに混んでいて薄暗いんだから」

内田はすっかり基紀が自分の恋人になることを承知したかのような態度になっている。

水族館を出てからはレストランで食事をして、次に大きな観覧車のある遊園地に行く。すべてリードするのは内田で、基紀は彼についていくだけである。支払いも全部内田がしてしまうし、基紀が自分の分を渡そうとしても、

「デートだから俺が払うよ」

と言って受け取ろうとしない。

基紀は気晴らしのつもりで来たことを後悔していた。

観覧車に乗って地上を離れると、基紀は狭い空間に内田と二人きりになってしまい、気まずくて仕方がなくなった。

内田が当然のようにして向かいのイスから基紀の隣に座り直し、肩に腕を回してくる。

「あの、内田先輩……困ります」

「何もしないよ」

耳元に低い声で囁かれると、基紀は狼狽《ろうばい》して身動《みじろ》ぎした。内田の声はいつもより熱を帯びている気がする。何もしないと言っておきながら、耳朶《じだ》に息を吹きかけられ、基紀はますます混乱してしまう。景色を眺めるどころではなかった。

二人を乗せた観覧車は円の頂点を通過すると徐々に高度を下げ始める。

基紀は内田にぴったりと体を寄せられ、肩を抱かれたまま、唇を噛んでいた。内田は確かにそれ以上は何もしなかった。

地上が近づいてくると、ようやく内田も基紀の横から向かいに座り直し、係がドアを開けたときには何事もなかったかのように降りていく。

基紀は内田の背中についていき、追いつくと、

「もう帰ります」

と言った。

内田が基紀を見つめて、少し考えるように首を傾げる。

まだ付き合えと言われるかと構えていたが、内田は意外にすんなりと頷くと、優しく笑った。

「そうだね。今日はもう充分に遊んだから、そろそろ帰ろうか」

基紀は一気に気が抜けて、ほっとしていた。

これ以上内田といるのがたまらなくなっていたのだ。

内田が先に立って歩き始めたので、基紀も彼の後について行った。

気が緩んでいたので、出口に向かっているかとばかり思っていたのだが、内田が入り込んだのは遊園地の一角から植物園に繋がっている坂道の方向だった。そろそろ閉園時間が近いためか、辺りには人気がない。

基紀がそのことに気がついて、道が間違っていると言う前に、内田は突然立ち止まった。坂道の真下だった。

わけもわからないうちに、基紀は内田に抱きしめられて、あっという間に唇を塞がれている。悲鳴をあげる隙もなかった。

内田は触れるだけのキスを心持ち長めにすると、基紀が抵抗する前に自分から離れる。

基紀は唖然《あぜん》として目を見開き、抗議する言葉も出せずに内田を見た。

と同時に、いつのまにか坂を下りてきていたカップルの存在にも気がつく。

「あ……」

信じられなかったが、上から姿を現したのは、尚二と恋人だった。

尚二たちは基紀と内田がキスをしていたところをまともに目撃したらしく、いかにもしまった、というふうに、バツの悪そうな顔をしている。たまたま坂道を下りてきたらとんでもない場面に遭遇してしまったという感じで、当惑して立ち止まっているのだ。

基紀もどうしていいのかわからない。

脚が固まってしまったように動かなかった。

「帰ろうか」

内田が基紀の肩を抱きながら、背中を押すようにして歩き出す。基紀もつられるようにして脚を動かしていた。

「あれは安野だったかな」

内田は冷静な口調で言った。

「見られちゃったね。あとで俺が口止めしておくよ」

基紀の体は小刻みに震えだして、止まらなくなってしまう。内田が宥めるように背中や二の腕を撫でさすり、基紀を落ち着かせようとしていた。

「大丈夫だから。基紀、心配しなくても大丈夫だ。安野は変な噂を立てて喜ぶようなやつじゃない。黙っていてくれるよ」

そんなことではない、と基紀はもう少しで叫んでしまうところだった。

それを必死で喉元に抑え込み、内田の腕を振りきって走り出す。

尚二に見られたのだ。

自分が男とキスをしているところを見られた。

たまらなかった。

やっとのことで尚二を諦めたと思ったのに、今度ははからずも自分がゲイだということを知られてしまったかもしれないのだ。

しかも、尚二は彼女と仲良くデートの最中だった。尚二の手と彼女の手とが繋がれていたのまで見えてしまった。

最低な一日だった。

せめて【ヤスジ】からの返信が届いていれば救われたのだろうが、やはりそんな自分に都合のいいことは起きていなかった。

最低だったその日、部屋に帰るなり寝ていたら、十時頃に電話だと言って母に起こされた。内田からだと思うと出たくなかったが、相手は思いがけず、尚二である。基紀は受話器をすべり落としそうになった。

『さっき内田さんから電話があったぜ』

尚二は不機嫌さを丸出しにした声でそう言った。

受話器を握る指に力が入る。基紀は息を殺して尚二の言葉を聞いていた。

『心配しなくても俺も彼女も何も見ていないから』

それだけで尚二はさっさと電話を切った。

基紀は結局一言も返せなかったし、尚二もべつに喋って欲しくなさそうだった。

その電話を切ってから一分も経たないうちに、今度は内田からもかかってくる。内田はどうやら基紀が先に尚二と話したとは思っていないようで、彼と話しておいたから安心して、ということを繰り返してくれた。尚二の電話番号は現生徒会長に聞いてわかったと言う。

『あんな場所で突然キスしたりして悪かったと思っている。本当は観覧車に乗っているときにしたかったんだ。ごめんな、基紀の気持ちを考えなくて』

本当は、もう会わないと言うつもりだった。

だが、内田にずっと謝られ続けた挙げ句、次は映画くらいにしておこうと日取りまで決められてしまうと、約束するしかない展開になってしまう。完全に内田に主導権を握られていた。

内田と恋人として付き合うことはできそうにない。友達からでいいと彼が言うのも、単なる言い訳に過ぎない気がする。

基紀は今度会ったらもう止めたいと言おうと決心した。


表面上は尚二の態度も変わらずに見え、どうにかお互いに平常通りの態度を保っているつもりだったが、そうではないと思い知らされる露骨な出来事が起きてしまった。

それは尚二が落とした消しゴムを、基紀が拾い上げ、手渡そうとした時だった。

小さくなっていた消しゴムは、基紀の指が尚二の手のひらに触れた瞬間、また投げ飛ばされてずっと遠くにまで飛んでいった。

尚二が思わずといった感じで、手のひらをそのままにして、腕を振り上げてしまったからだ。

基紀が驚く以上に、尚二自身が啞然としていた。

「こらっ、そこ！　聞いているのか？」

例の、柿狩りバスハイクの、最終打ち合わせの最中だった。タイムスケジュールを説明していた教師がジロリと二人を睨みつける。二人がふざけ合って消しゴムを飛ばしたのだと思ったらしい。

尚二は決まりが悪そうに押し殺した声で「すまん」と一言謝ってくれたが、言葉は基紀の耳をそのまますり抜けていってしまった。

以前とは違う意味で尚二に敬遠されているのを、こんな形で思い知らされたのだ。

基紀は歯を嚙みしめ、一度ぎゅっと目を瞑ると、今度はしっかりと正面の黒板に視線を据えた。そのままミーティング終了まで、微動《びどう》だにしなかった。

尚二も基紀の方をちらちらと気にしていたのがわかったが、基紀は一番に席を立ち上がると、まっすぐに当日の引率役である体育教師のところに行く。

「すみません『二のA』の片岡です」

基紀はしっかりした口調で言った。

すぐ足下にあの消しゴムが転がっているが、拾おうとはしなかった。遠くからこっちを見ている尚二の視線も感じたが、あえて振り向かないようにする。

「クラス委員は二人とも参加するはずだったんですが、僕の方が急に行けなくなりました」

「なんだって？　行けなくなった？」

教師が大きな声を出す。

基紀は無表情なままはっきりと頷いた。

そして、あらかじめ用意していたわけでもないのに、辻褄《つじつま》のきちんと合った、誰にも責められようのない嘘の理由を、淀みなく話し始める。基紀は自分が機械にでもなったような心地がした。

「そうなんです、すみません、急な話で。実は祖父が危篤になったという連絡が、今携帯の留守電に入っているのに気がついたんです」

危篤などといきなり聞かされた教師は驚いている。

「そうか……それは大変だな。そうするとおまえが担当していた役目を他に振り分けないとな」

「すみません。タイミングが悪くて」

教師は基紀のことを心配して、早く帰れ、と言い、さらに名簿を見ながら声を張り上げる。

「おい、安野と権堂《ごんどう》！　ちょっと来てくれ！　ほかは解散してよし！」

さっきまで座っていた席に戻る途中で、逆に教師に呼ばれて前に行く尚二とすれ違う。

尚二が何か言いたそうな顔で基紀を見ているのがわかったが、基紀は目を合わせようとせずに、そのまま肩の触れ合う距離を通り過ぎてしまった。

尚二はなんだか据わりの悪い気持ちを持て余していた。消しゴムのことで基紀に謝りたかったが、尚二が教室に戻ったとき、基紀はすでに帰宅した後だった。

深い溜息が出てしまう。尚二は心の底から基紀に悪いことをしたと反省していた。

柿狩りバスハイクに行くのをとても楽しみにしていたような彼に、祖父が危篤になって行けなくなった、などと言わせてしまったのは、間違いなく尚二の責任だった。基紀がどんな気持ちでそんな嘘をついたのかを考えると、とても自分一人楽しんでくるわけにはいかない。しかし、委員長の立場上は無責任なことをするわけにもいかず、いったいどうやって基紀に償《つぐな》えばいいのか、さっぱり思いつけないでいた。

柿狩りは明後日だ。参加する者は授業免除、居残り組は学年単位での合同授業を受けることになっている。基紀は教師にあんなふうに言った以上、明日も明後日も休むつもりなのだろう。

あれ以来自分は変だ、と尚二は自覚している。

基紀が男とキスしているのを偶然見てしまって以来ということだ。

正直言って、尚二は相当なショックを受けた。内田泰之が基紀に執心しているという噂は何度も耳にしたことがあったのだが、いざ現実に二人が交際している、しかも、キスまでするような関係なのだと見せられると、どうしても平静ではいられない。なんとなく、二人が一緒にいるのが嫌だと感じてしまうのだ。

内田が基紀の肩に手を掛けて、労《いたわ》って守るように尚二の前から連れ去っていく姿が、目に焼き付いている。あの時、尚二は無性に不愉快だった。離れろ、ちくしょう、と胸の中でさんざん悪態をついていた。

しかし、これは断じて、男同士に嫌悪しているといった理由からではない気がするのだ。

本当ならば基紀が誰と付き合おうと、尚二の与《あず》り知らぬことのはずだった。尚二だって亜矢と付き合っている。あそこで鉢合わせたから自分たちの方が二人のキスシーンを目撃したのだが、逆に彼らが坂をもっと登ってきていたならば、立場はすっかり逆転していただろう。緩やかなカーブになっているあの坂の向こうで、尚二と亜矢もキスをしてきたばかりだったからだ。

尚二は一瞬だけ、どういうわけなのか自分でも理解できないのだが、基紀にキスしているのがあたかも自分自身のような幻覚を覚えた。亜矢にキスした感触がそのまま基紀とのキスになったような奇妙な感じで、狼狽えてしまった。

彼女も出会い頭だけびっくりしていたが、最近はゲイとかホモを扱った女性向けの小説やマンガが巷《ちまた》にかなり出回っているそうで、それほど珍しいことだとは思わないと言っていた。基紀のように容貌の整った男が、内田みたいなちょっと知的な雰囲気のあるそこそこの男前と付き合っているのなら、ちっとも構わないと思うらしい。

基紀とだったら男同士もいけるかも、と下品な妄想をしている男は意外とたくさんいるようで、ざっと数えるだけで尚二にも五人は挙げられる。

自分はどうだろう、と尚二は考えてみた。

以前なら即答でノーと答えられたはずだが、ここ最近はかなり基紀に対する印象が変わってきているから、わからない。

実のところ、尚二は自分が基紀に対して相当な誤解をしていたのではないかと、不安になり始めている。彼の繊細な外見だけから勝手なイメージを抱いてしまっており、よく話したこともないくせに、自分とは合わない男だと決めつけていた気がするのだ。

確かに基紀の態度は、冷たいと感じられるほどそっけないときもあるが、もしかすると本当に、ただ緊張していただけなのかもしれない。以前彼自身がそんなふうに弁解したのを、尚二は聞き間違いかと思って無視してしまったが、案外あれが本音だったのかもしれない。自分の態度にも問題はいっぱいあったのだ。

正直に言って、基紀がアウトドアのレクリエーションに興味があると知ったとき、尚二は一気に基紀に親近感を覚えた。もっといろいろと話がしたいと思ったし、自分が運営しているサイトのことも教えて、基紀がよく見に行くページでお勧めがあれば知りたいと思った。なんだかいきなり現金なほどの変わり身の早さだが、それが本当のところなのだ。

尚二は基紀のことで明らかに間違っていた。

そして、たぶん、亜矢のことでも間違っているようだった。

亜矢は【トモ】ではない。

尚二は認めたくなかったが、どう考えてもそう思わないわけにはいかなかった。

付き合いだしてからまだ一ヶ月にもならないが、尚二は亜矢とたくさんの話をした。それでわかったことは、亜矢の好きなことが、映画鑑賞と音楽鑑賞、テニス、それからデザートの食べ歩きなどであること、自然観察やウォーキングなどにはまるで興味がないこと、植物園より動物園の方が好きなことなどだった。

それだけでも充分に【トモ】との相違点が浮き彫りになっているが、決定的なことは、亜矢はパソコンを持っていないし、弄《いじ》ったこともない、知識も皆無に近いということだった。

いつまで経ってもインターネットの話題が出ないので、尚二の方から軽く振ってみたところ、亜矢は尚二が会話の中に使う基本的なパソコン用語の、ほとんどすべてがちんぷんかんぷんのようだった。

これは違う、と尚二は頭の上に爆弾を落とされたような衝撃を受けた。

それをきっかけに、亜矢に対する気持ちが萎《な》えていき、好きだという気持ちにも自信が持てなくなってきている。最初に告白されたときも、彼女を【トモ】だと信じて、【トモ】とだったら付き合いたい、恋人同士になりたい、そう思ったから受け入れていたのだ。冷静になってみると、尚二は自分のしたことが怖くなる。亜矢に対してなんという不誠実で自分勝手なことをしたのかと気がついたのだ。謝ってすむような問題ではない。

尚二はここに至ってどうしようかと悩んでいたが、自分がしっくりこないと感じているのと同じようにして、亜矢の方も、なんだか思っていたのと違うという感触を抱き始めていたようだ。

もともと尚二と亜矢は同じクラスになったことがない。尚二は亜矢のことをほとんど知らなかったし、亜矢にしても一度も話したことさえなかった尚二に好きだという感情を持っていたのだ。いざ二人で現実に向き合ったとき、自分なりに想像していた人物像と違ったことに気がついて、ぎくしゃくとし始めたのも無理はない。

亜矢も戸惑い、悩んでいたようだった。

そしてついに昨日、別れようか、と亜矢から先に言ってきた。

尚二も、うん、と答えた。亜矢から言い出させてしまったのを悪かったと思った。

傷が深くならないうちに双方の合意で別れられて、幸いだっただろう。

基紀のことといい亜矢のことといい、尚二はどうも調子が狂いっぱなしだった。自分がこんなに軽率な人間だったのかと思うと、腹が立ってくる。

とにかく亜矢のことは解決している。

基紀のことももちろんだが、今何よりも尚二の気になっているのは、【トモ】のことだった。

明日にはパソコンが修理から戻ってくる。一刻も早くメールチェックして、【トモ】に謝りのメールを出さなければいけない。たぶん【トモ】は【ヤスジ】からの音信不通に困惑していることだろう。出したメールが梨のつぶてというのは結構辛いものだ。

これはどう考えても、かなりまずい状況だった。

亜矢は【トモ】ではなかったが、【トモ】が同じ高校の誰かだという可能性はこうなった今でも消えたわけではない。最悪の場合、【トモ】が告白しようとした矢先に、尚二はほかの女の子と交際を始めた、というシチュエーションになってしまっているわけだ。

【トモ】は失望のメールを【ヤスジ】宛に出しているかもしれない。

こともあろうに【ヤスジ】はその深刻なメールを無視している状態になっているわけなのだ。

【トモ】の気持ちを考えると尚二は焦りが込み上げてくる。だが、パソコンが戻ってくれないとどうしようもないから、ひたすら明日を待つしかない。

尚二は基紀にも詫びなければいけない。

基紀が男とキスしていたから自分は彼の手を払いのけたりしたわけではない。それだけははっきりさせておく必要がある。尚二は基紀と指が触れ合って、まるで電流を流されたように全身で反応しただけだった。なぜなのかはわからない。ただ、ものすごく心臓が高鳴っており、苦しいほどだった。すぐにはろくに言葉も出せないくらいだったのだ。

そのために基紀が激しく傷ついたのだと思うと、自分を殴りつけてやりたいほど後悔した。単純に口で謝るだけですむことではないかもしれないが、とにかく自分の本当の気持ちを伝えなければ始まらない。基紀が男と恋愛するような性向だとしても構わない。それよりももっと基紀のことをいろいろと知って、親しくなりたいのだ。それが偽りのない自分の気持ちだということを、尚二はどうにかして基紀に理解して欲しかった。

今の尚二には、基紀としてみたいことがたくさんある。

明後日のバスハイクは、もう取り返しがつかないが、代わりに基紀を誘って二人で晩秋の山を歩いてみるのもいい。

とにかく基紀と友達になりたいのだという気持ちだけでも、きちんと伝えておきたかった。

基紀は自分でも驚くほど傷つき、いつもでは考えられないほど自棄《やけ》になっていた。ミーティングが行われていた教室を出ると、泣き出したいのを我慢しながら自分のクラスに向かって一目散に歩いていた。

途中で三年生の教室がある廊下を通ったのだが、そのときにたまたま廊下に出ていたらしい内田に名前を呼ばれても、立ち止まりもしないで無視してしまった。

内田は基紀のらしくない態度に、何かあったのかとピンときたらしく、基紀を追って『二のA』まで来た。基紀はできることならこのまま放っておかれたかったのだが、内田は絶対に退こうとしなかった。

「とにかく俺のうちに来い」

基紀は内田に決められ、強い力で腕を引かれた。

「今帰っても基紀の家には誰もいないんだろう？　だめだ。きみを一人にしておけないよ」

「なんでもないんです。僕は平気です」

「何が平気なもんか」

内田は基紀の顔を睨む。

「そんな今にも泣きそうな顔しているくせに」

基紀は自分がどんな顔をしているのかはわからなかったが、平常とはまるで違う、取り乱した表情をしているのは、疑えなかった。

基紀が黙ると、内田は厳しかった顔つきを崩して、代わりに労るような表情を浮かべる。

「何があったのかは知らないし、言いたくないのなら言わなくてもいいから。俺のうちでお茶でも飲んで行けよ。どうせきみの家とは同じ駅だろう」

そこまで言われるとさすがに基紀も断りにくく、内田に従うほかない雰囲気になる。

内田の家と基紀の家は、駅からの方向は違うのだが、歩いても行き来できない距離ではない。そもそも基紀が内田と親しくなったのも、生徒会の仕事で遅くなったときに、内田と二人で帰ったのがきっかけだった。

家に行くのはこれが初めてになる。

「緊張しなくてもいいから」

内田は基紀の手を一度強く握ってすぐに離すと、玄関のドアを開けて「ただいま」と言った。奥から彼の母親らしい女の声が応えたが、出迎えに来る気配はない。内田は基紀を連れてそのまま二階の自室に上がっていく。

「ちょっと散らかっているけど、気にせずに適当に座っていろよ。飲み物を持ってくるけど、コーヒーでいいか？」

「僕、すぐに失礼しますから、本当にもう気を遣わないでください」

「つれないことを言うなよ。まぁいいや。すぐに戻るから、楽にして待っていてくれ」

内田がそう言い置いて出ていってしまうと、基紀は溜息をつき、困惑したまま部屋の中央にある小さな折り畳み式のテーブルの前に腰を下ろす。周囲には雑誌類が積み重ねてある程度で、男の部屋にしては相当に整理整頓が行き届いている。内田の性格なのだろう。

一人になると、基紀はどうしても尚二のことを考えてしまう。

あの、反射的に弾き除けられてしまった指の記憶が甦《よみがえ》る。

基紀はぎゅうっと強く拳《こぶし》を握りしめ、指の爪を手のひらに食い込ませた。

尚二にあれほどあからさまな嫌われ方をするとは、考えもしなかった。それが一番ショックだった。普段の態度にはあまり変化が見られなかったせいで、基紀も安堵して、極力平常通りの振る舞いを心掛けていた。だが、咄嗟《とっさ》の行動には本心が露になってしまう。基紀はまざまざと思い知らされた気分だ。

告白なんてしなくて正解だったのかもしれない。

こういう特殊な性向をまるで理解できない人もいる。

基紀はなんの根拠もなく、尚二はそうではないと思っていたのだが、それはいかにも自分に都合のいい思い込みだった。軽率さを自嘲《じちょう》し、失笑するしかない。

考えれば考えるだけ基紀はどんどん投げ遣りな気分になってきてしまう。

尚二を好きだったこと、【ヤスジ】とメールを通していい関係を保ち続けてきたと思っていたこと、これらの大切にしていたはずの気持ちについても、もう忘れてしまいたいと思う。なかったことにすればもっと楽になれる気がする。

一度に二つのことに大きな喪失感を味わった基紀は、精神的にかなりダメージを受けていた。

内田がホットコーヒーを盆にのせ、戻ってきた。

「インスタントだけど」

「ありがとうございます」

内田は基紀の返事に苦笑いする。きちんとしすぎているのが焦れったかったらしい。

「きみさぁ……俺のことが苦手？」

「そんなことないです」

基紀は困って、熱くなっているマグカップの側面を指先で撫で続けていた。膝がくっつくような至近距離に座っている内田を意識して、どうしても気持ちが落ち着かない。かといって、もう少し離れてくれと頼むのは躊躇われる。

「この前のことをまだ気にしている？」

たぶんキスの件を言っているのだと思って、基紀は遠慮がちに頷いた。

「少しだけですけど」

「もしかして、そのことであいつに何か、からかわれたり、嫌なことを言われたりされたりしたのか？」

内田は真剣な表情をして、探るように基紀の顔を覗き込む。

基紀はなぜか後ろめたい気分になりながら、首を振って否定した。べつに尚二を庇《かば》っているつもりはなかった。ただ、基紀自身がどうしてもそれを認めたくなかっただけなのだ。心のどこかにまだ尚二を信じたい気持ちが引っ掛かっている。基紀が好きになった男は、そんな人の気持ちを汲めない男ではないはずだと信じたかった。だがその反面、指を振り払われた瞬間が、映像のリプレイのように、何度も基紀の脳裏を過《よぎ》るのだ。

「なぁ基紀」

内田に手首を摑まれ、基紀はピクリと全身を緊張させる。

「もう少し俺に慣れてくれてもいいだろう？　俺たち、知り合ってからそろそろ一年近くなるんだぜ。そりゃあ付き合ってくれと頼んでからはまだ一ヶ月も経っていないけどさ、俺としてはかなり我慢強く基紀の気持ちを優先させてきたつもりなんだぞ」

「僕の態度はそんなによそよそしいと感じられるんですか？」

基紀はどう返事をすればいいのかわからず、とりあえずそう聞き返していた。

「ああ、充分によそよそしいね」

内田がきっぱりと言う。

同時に、手首を摑んでいた手が離されたかと思うと、今度は肩に腕を回され、上半身を引き寄せられていた。基紀は不意を衝かれてしまい、あっけなく内田の懐《ふところ》に抱き込まれる形になる。

「もっと俺のことを信じて頼りにしてくれよ。基紀がどんなことを考えて毎日過ごしているのか、何に悩んでいるのか、全部知りたいんだ。好きってそういうことだよ、基紀」

内田にぐっと強く抱きしめられたままそう言われ、基紀はますます困惑した。

「好きなんだ」

内田は基紀の耳元で熱っぽく言う。

そのまま素早く唇にキスされた。基紀には声をあげる暇もない。

相手が毎日何を考えて、何に悩んで、何を喜んでいるのかが知りたいという気持ちは、そっくり基紀も同じだった。基紀も尚二の全部が知りたい。いくら過去のことにしてしまおうと努力しても、きっと気持ちの整理がつくまではそう望んでしまうだろう。

それが好きという気持ちだというのなら、基紀は間違いなく尚二が好きだった。

「基紀」

内田が基紀を切羽詰まった声で呼ぶ。

「抱きたい」

基紀はいきなり正気に戻ったかのようにその言葉に反応していた。

ぼんやり内田の腕に抱かれている場合ではない。

「だめです、先輩、嫌だ！」

制服のシャツを開こうとしている内田の指を摑んで引き剝《は》がし、基紀は尻をずらして内田との間に距離を作る。

内田の表情が曇ってしまったが、基紀には彼の気持ちを考えているような余裕はなかった。自分の気持ちに正直になることで手一杯だったのだ。

「ごめんなさい……すみません、先輩」

基紀は混乱したまま、震える指で外されたボタンを留め直そうとしながら、ひたすら内田に謝っていた。

ボタンはなかなか留まらない。

動揺が激しく、指がスムーズに動かせない。

基紀は焦りながら、自分はいったい何をしているのだろうと、泣きたいような気持ちになってきた。

最初からはっきりと、好きな人がいるから付き合えない、と内田を断らなかった自分が悪かったのだ。それは基紀にもわかっている。曖昧なまま適当なことをしていたから、内田まで傷つけてしまうことになった。内田に悪いことをしたと後悔する気持ちが、基紀の中で一番大きかった。

「僕はやっぱりだめです」

「……基紀」

「好きな人がいるんです」

内田は一瞬だけ顔を強ばらせたのだが、すぐに溜息をついて、いつもと変わらない、落ち着いた顔つきに戻る。内田の自制心の強さには感心するしかない。

「わかったよ」

「すみませんでした、黙っていて」

いっそ怒って責めてくれた方が楽だと思う基紀だったが、内田は思っていた以上に大人で、懐が深い男のようだった。

「もういいから、そんな泣きそうな顔をして俺を困らせないでくれないか」

内田は本気で困っているように、後頭部を掻いている。

「俺も悪かったよ。たぶん、薄々はそうなんじゃないかなと思っていたんだ。それを自分の都合であえて無視してきたから、きみに今になってこんな辛い思いをさせてしまう結果になった。基

紀だけが悪いわけじゃないんだから、もうそんなに何度も謝ったりするな」

基紀には内田の優しい言葉が刺《とげ》のように胸にちくちくと刺さってくる気がして、居たたまれなかった。

「すみません、帰ります」

そう口走って立ち上がりかけると、内田が両腕を伸ばして基紀のシャツに手を掛けてきた。基紀は過剰に戦《おのの》いてしまったが、内田はただ、基紀が結局留められなかったボタンを、元通りにきちんと掛け直してくれるだけで、他意はなさそうだった。

「そんなに怖がるなよ」

内田は基紀を軽く睨んだが、怒っているというより悲しんでいる感じだった。

「傷つくじゃないか」

基紀ははっとして小さな声で謝ると、唇を噛みしめた。

その様子に内田が苦笑する。

「きみはそういうところは素直だよな。俺のこと、本当は嫌いだった？」

「嫌いじゃありません。……本当です」

そうか、と内田は複雑な表情で基紀を見る。

そして少しだけ間をおき、まだ諦めきれないように言う。

「……しつこいようだけど、どうしても俺じゃだめ？」

基紀は躊躇いがちにではあったが、頷いた。

内田のことは決して嫌いではないのだが、恋人として好きになれるとは思えなかった。だとすれば下手な期待を持たせるのはかえって酷だろう。

「わかった。もう言わないよ」

本当にすっきりと納得しているのかどうか、基紀にはわからなかったが、とにかく内田はそのまま先に立って階段を下りると、玄関で基紀を見送ってくれた。

家の中は奇妙にしんとしており、来たときには確かにいたはずの彼の母親は、どこかに外出してしまっているようだった。

基紀がそれに気づいたのを察してか、内田はバツが悪そうな顔をする。

「母なら、病院で電話交換手をしているから、今夜は夜勤で出掛けてしまったんだ」

それで少し大胆になってしまったのだと、言外に白状している感じだった。

内田の照れくさそうな顔に、基紀は少しだけ気持ちが軽くなった。

自宅に向けて一人で歩きながら、基紀は、もう一度【ヤスジ】にメールを送ろう、と決めていた。返事があってもなくてもいいから、自分の決心を【ヤスジ】に知っていて欲しい。

今度の土曜日、基紀は単独でハイキングに出ようと考えていた。今までは十キロ前後の比較的簡単に踏破《とうは》できるようなコースしか歩いたことがなかったのだが、今回は特別に、少し困難なコースを歩こうと思う。

一度思いつくと、あとは一直線にそれを実行に移すのが基紀の性格だった。

【ヤスジ】がホームページで紹介しているコースの中に、ちょうどいいコースがあったのを覚えている。それはかなり難易度の高いコースで、初心者には勧められないと但し書きがあるほどだったのだが、基紀はあえてそれに挑んでみたくなっていた。この鬱屈《うっくつ》とした感情を自然の中で汗と一緒に流しきってしまいたい。そして、すがすがしい空気を体中に取り込み、新しい気持ちで再出発したい。

冬になる前の今、基紀はどうしてもどこかを歩いておきたかった。

明後日の柿狩りバスハイクをキャンセルした代わりという気持ちももちろんあったが、なによりも目的は尚二に対しての気持ちにけりをつけることだ。彼女のいる男に、男である自分が横恋《よこれん》慕《ぼ》してても虚しいだけだ。汗を流して野山を歩き回る間に、もやもやした気持ちをすっきりとさせられるものならさせたい。

また、【ヤスジ】のコースを歩いてみることで、もう一度【ヤスジ】が基紀に対して興味を持ってくれ、以前のようにメール交換してくれれば嬉しいという気持ちもある。【ヤスジ】がなぜ急にメールをくれなくなったのか、本当のところはわからないのだが、基紀がもう恋の悩みに振り回されていないと知れれば、また以前と同じように趣味の話をする気になってくれるかもしれない。山歩きをして気持ちを入れ替えれば、今よりずっと楽になれるだろう。

基紀にはいろいろな意味で大切な転換点になるはずだった。

次の日、やはり基紀《もとき》は学校を休んでいた。担任によれば、祖父が亡くなったための忌引《きび》きとい
うことだった。
尚二《しょうじ》は一日中気分が晴れないまま過ごした。次に基紀に会うのは週明けの月曜になる。早く
謝りたい気持ちが尚二を苛立たせるのだが、かといって電話一本ですませようなどと横着《おうちゃく》なこ
とは考えられない。それではますます基紀を不愉快な気分にさせるだけだろう。
明日の柿狩りについての最終説明をしている間も、ずっと基紀のことを考えていた。自分の横
に基紀が立っていないことが、とても不自然に感じられもする。いつの間にか尚二は彼と二人で
クラス委員をすることに慣れきっていたのだと思い知らされた気分だった。まだ大丈夫、と尚二
は自分に言い聞かせていた。基紀と正面から向き合って、自分の気持ちをきちんと話して謝れば、
きっと彼との関係は修復できるだろう。尚二は基紀と完全に断絶してしまったのだとは考えない
ことにしていた。
「片岡《かたおか》くん、残念だったね」
ホームルームが終了し、席に戻って帰り支度をしていた尚二に、田中美和《たなかみわ》が話しかけてきた。
「ああ。本当に残念だったよ」
尚二がにこりともしないで真面目に返事をすると、美和は手にしていた箒《ほうき》の先に顎《あご》をのせ、面
白そうに尚二を見る。勝ち気な性格の美和は、男子が多いこのクラスでも、唯一物怖じしないで
渡り合ってくる女の子だ。普段は彼女のはっきりとした態度に好感を持っている尚二だが、さす
がに今は彼女にこんなふうに好奇心たっぷりの目で見られると、落ち着かなくなってくる。

「なに？」

少し嫌そうに聞くと、美和はニッと意味ありげな笑いを浮かべる。

「別れたんだってね、亜矢《あや》と」

「は？」

尚二は唐突にそんなことを言われ、驚いてしまった。

「彼女とあたし、仲いいんだ。一年のとき同じクラスだったからね」

「……ああ、そう」

話の方向がどこを向いているのか尚二には少しも予想できず、苛立《いらだ》ちが募ってくる。亜矢と別れたことで美和に文句を言われる筋合いはないはずだった。先に別れようと言ってきたのは亜矢の方だったのだ。たとえそうでなかったとしても、二人のことは美和に関係のあることではない。

早く家に帰って、修理が終わって届けられているはずのパソコンに触りたかった尚二は、かなりつっけんどんになっていた。

「それで、田中さんは俺に何が言いたいわけ？」

「まぁまぁ、そんな怒らないでよ。あたしはただ、最近の安野《あんの》くんと片岡くんを見ていて、なんかお似合いかなぁって思っただけなんだから」

「お……似合い？」

尚二は一気に張りつめていた気がそがれてしまう。唖然《あぜん》として、美和の浅黒くて少し幅広の顔を見返した。

「ばかなことを言うなよ」

「安野くんはさぁ、気づいてなかったかもしれないけど、片岡くんが安野くんを見る目って、なんかこう、想像を刺激するものがあったんだよね。片岡くんってこっちが気恥ずかしくなるくらい綺麗《きれい》な顔した人じゃない、そんな人がさ、よりによって安野くんみたいなかっこいい系の男を見つめてるなんて、いろいろ妄想してくれって言ってるようなもんじゃない？」

尚二は眉を寄せ、顔を顰《しか》めた。前にも同じようなことを誰かに言われた記憶がある。

「気がついてなかったでしょ」

美和はニヤリと笑う。

「見つめてるなんて意味深な言い方はないだろう？」

「でもまさにその表現がぴったりくるんだもん。あたしが気づいたのは学祭の頃からだけど、実はもっと前から見ていたのかもね。もちろん、片岡くんがどういう気持ちで安野くんを見ていたのかは知らないよ。片岡くんって、ちょっと何を考えているのかわかりにくいところのある人だしね」

「……片岡が俺を、ねぇ」

「どうよ、安野くんとしては？」

「どうって？」

「亜矢と別れたってことはまたフリーってことでしょ」

尚二はちょっと呆《あき》れてしまった。

「俺がフリーなのと片岡が俺を見ていることになんの関係があるの？」

「じゃあ安野くんは他に好きな人がいるわけ？」

「まぁ、ね」

尚二は【トモ】のことを脳裏に浮かべてそう返事をしていた。

「なぁんだ、そうなのか」

美和は急にがっかりしたように肩を竦《すく》めると、さっさと箒で床を掃きながら移動していく。

変なやつ、と尚二は呟くと、カバンを手にして教室を出た。

基紀には付き合っている男がいることを、どうやら美和は知らないらしい。女の子同士のお喋《しゃべ》りには際限がないのかと思っていたが、亜矢は美和にも例の植物園での目撃談については語っていないのだろう。尚二はちょっと亜矢に感心していた。

【トモ】への拘《こだわ》りさえなかったなら、尚二はそのうちに亜矢が本気で好きになっていたかもしれない。そう考えるとなんだか軽率に別れてしまった気もするのだが、亜矢が望んだことでもあるので、こればかりは縁がなかったのだと割り切るしかない。

何もかもがうまくいかない時期というのは往々《おうおう》にしてあるものだが、あまりこんな状態が続くと、尚二もめげてくる。

まずは【トモ】のことだ、と思って、尚二は大急ぎで家に帰った。

尚二のパソコンはちゃんと修理から戻ってきていた。

電源を入れると、慣れ親しんだ起動音がして、画面に文字が走っては消えていく。最終的にデスクトップが現れ、すっかり問題なく直っているようなのを確認すると、尚二はほっとした。

パソコンのない三週間は思っていた以上に寂しかった。毎日の習慣に完全にパソコンが組み込まれていたので、いざそれを取り上げられてしまうと、どうにも不安で手寂しくて、苛々するときもあった。特にインターネットで外部と交流するのが当たり前の感覚になっていれば、三週間も情報の遣《や》り取りができないのは、手足をもぎ取られたようにすら感じる。

自分のサイトも気にはなったが、まずはメールチェックが先だった。

メールを受信してみると、二十八件も届いている。尚二はずらりとリストに並んでいる送信者の名前を見ていきながら、【トモ】からのものだけを順番に開いていった。

【トモ】からのメールは全部で六件来ている。

タイトルに書かれていることからだけでもおおよその内容は察しがついたのだが、中身を読んでみて、尚二は想像通りの展開に地団駄《じだんだ》を踏みそうになった。

最初のメールは『失恋したみたいです』となっていた。【ヤスジ】が背中を押して勇気づけてくれたので、好きな人に告白しようとしたけれど、決心したまさにその日、彼は他の女の子と付き合い始めてしまった、と書かれている。

尚二はメールの文面を睨《にら》みつけながら、やっぱり、と苦い思いを噛みしめていた。

やはり【トモ】は尚二のごく身近にいる人なのだ。それはわかっているのに、どうしても【トモ】が誰なのかが尚二には考えつかない。具体的な情報は何一つ手にしていないのだから仕方がないとも思えるが、それにしても悔しかった。

それから後の四通ほどは『どうしたんですか』『一方的でごめんなさい』『もしかして病気ですか』『何か怒っていますか』と、いずれも音信不通を心配する内容で、尚二は一つ開くたびに申し訳なさでいっぱいになった。メールを出す間隔も、徐々に延びている。『もしかして』と『何か』の間に至っては十日ほども開いていた。たぶん【トモ】はさんざん迷いながら、それでもどうにかして【ヤスジ】の事情が知りたくて、勇気を出してメールをくれていたのだろう。

六通目のメールが、届いている中では最新のものになる。

そのメールは昨夜出されていた。

尚二は『行ってみることにしました』というタイトルのメールを急いで開いた。こればかりはタイトルからでは内容を推《お》し量ることができなかったのだ。

『最近少し落ち込んでいました。いつまでも失恋に拘っていては、ヤスジさんだってうんざりしますよね。ごめんなさい。この際だから、思い切って気分転換を図ろうと思います』

読み進んでいくうちに、尚二は意外な展開に、えっ、と驚いていた。

『今週の土曜日は学校が休みなので、山歩きをしてこようと思います。コースは以前ヤスジさんがサイトで詳しく紹介していた、桐葉《きりば》の里を訪ねる行程です。ここは全部歩き通すと十七キロほどの行程になるんですよね。これまでのわたしの自己最高記録は十キロくらいで、比較的気軽な山歩きしかしていなかったのですが、今度の遠足にはいろいろな意味を込めて、少しランクアップしたいと思いました。帰ったらまた感想のメールを送らせてもらいますね。よかったらまたヤスジさんの近況も教えてください。そういえば、サイトの更新もいつになく滞《とどこお》っているようですね。なんだか心配です。入院などされていなければいいのですが』

桐葉の里を訪ねるコース、というのは、尚二が去年の十月中旬に歩いた記録を詳しいルート付きで紹介しておいたものである。ちょうどその頃はミカンやキウイの収穫期で、付近の農家の人たちが大勢山に出ていた。尚二は何度か縦横に枝分かれしている農道で道に迷ってしまい、そのたびに道を聞いては、収穫したばかりのみずみずしい果物を分けてもらった覚えがある。今年ももう一度行きたいと思っていたのだが、身辺がごたついている間に時期を逃してしまっていた。そのコースを、【トモ】が歩いてくると言っている。

十一月も中旬になった今、そのコースを歩くのはどうだろう、と尚二は少し心配になる。簡単なスケッチ程度のルートマップは付けていたものの、それだけを参考にして歩ききるにはかなり難しいコースかもしれない。道に迷ったとき、尚二がしたように誰か人に聞こうにも、人家を見つけてそこを訪ねない限り、山の中に人が出ている可能性は低いのではないだろうか。最近は日が暮れるのも相当に早くなってきているし、一つ道を間違えば、下手をするとその日のうちに引き返してくることができなくなる可能性もあり得る。

尚二は【トモ】にメールを出すため、返信フォームを開いた。今までメールが出せなかった理由と、心配をかけてしまったことへの謝罪、そして桐葉の散策に関する注意などを、【トモ】に書き送ろうとしたのだ。

しかし、開いたとたんに気が変わり、また閉じてしまった。

この際だから【トモ】にメールを出すよりも、自分がその場に行けばいい、と思いついたのだ。それはとても魅力的な考えだった。

尚二はとうとうその場で【トモ】に会えるのだ。彼女が誰だったのかがわかるし、偶然を装って一緒に山歩きをすることもできる。二人であの長い行程を歩き通す間には、きっといろいろな話もできるだろう。尚二は亜矢と別れたことをさり気なく【トモ】に伝えられるし、もしかすると【トモ】から好きだと言ってもらえるかもしれない。なんなら、尚二から言ってもいいだろう。考えているとワクワクしてくる。

今度こそ【トモ】に会いたい。

きっと【トモ】は【ヤスジ】が辿《たど》ったのと同じコースを、同じ時間帯に歩くつもりだろう。だからこそわざわざ【ヤスジ】にメールを送ってきて知らせているのだ。だとすれば出発地点も時間もわかる。ただし、【ヤスジ】が旅の始まりにしたのはYパーキングエリアだったのだが、そこで声を掛けるのはあまりにも作為的すぎて、【トモ】に疑いを持たれそうな気がする。パーキングエリアを出て、山に続く登り道の途中で声を掛けるのが、一番自然にいきそうだ。

尚二はあれこれと具体的な計画を立てながら、【トモ】にどうやって声をかけようかとか、その後どんな話をしようかとか、そんなことまで先走って考え始めていた。

【トモ】はきっと驚くだろう。

なにしろ、彼女は失恋して鬱《うつ》になった自分の気分を変えるために、山に登るつもりなのだ。まさかその場で尚二に会うとは考えもしていないに違いない。尚二としては、【トモ】が尚二のことをきっぱりと諦めきってしまう前に、自分がフリーだということをどうしても彼女に知っておいて欲しかった。

尚二の気持ちは明日の柿狩りを通り越し、すでに明後日の土曜のことにしか向いていなかった。よく考えれば、連日で山歩きをしようなどと考える人はあまりいないはずである。だからこの段階で尚二は【トモ】が柿狩りには行かないグループにいる一人なのだと気づいてよかったのだが、そのことはすっかり頭から抜け落ちていた。

柿狩りに行かないで留守番する連中はそれほど多くない。学年単位での特別講義に出たうえレポートまで提出しなければいけないから、それよりは多少きつくても遠足を選ぶ生徒が多いのだ。尚二のクラスの引っ込み思案な女の子たちでさえ、半数以上は柿狩りに行くことになっている。クラスで行かないのは、基紀と、普段から欠席がちな男子がもう一人、そして女の子三人だけだった。学年すべてを対象に見ても居残り組は一クラス分ほどしかいないのだから、尚二がもっと注意深ければ、その中の誰かが【トモ】だと、そこまでは考えついていたはずだった。

その日は文句なしの快晴だった。

昨日の柿狩りで歩いた行程は、ハイキング慣れしている尚二からすれば、ほんのウォーミングアップ程度にしか感じられていなかったため、二日連続の遠出とはいえ、むしろ体は軽くなっているくらいだった。

尚二は予定の場所に【トモ】より先に行っておきたくて、去年よりも一本早い高速バスに乗った。高速バスをYパーキングエリアで下車すると、そのまま下の道に出られる階段を降りていく。降りたらすぐの道の端に、これから登る山までの案内図が出ている。以前来たときと何も変わっていなかった。

O山までの道のりはわかりやすい。桐葉というのはこのO山を越えた向こうのT町にある集落の名称で、そこから路線バスに乗って、近郊で一番開けているY市に出るルートもある。そうすると徒歩の行程は約半分になるから、起点に戻る一周ルートよりもずいぶん手軽なハイキングコースとして楽しむこともできる。

高速を降りた地点から一キロほど歩いたところに、石でできた記念碑が建っていて、その辺りまで来ると、先月半ば頃がちょうど収穫期だったはずの、ミカン畑が広がっている。この一帯は立山《たちやま》という場所になる。今は収穫を終えた緑の木が立ち並んでいるだけだが、尚二は去年見た鈴なりのオレンジ色の実を思い出していた。そのとき貰って食べたミカンの甘酸っぱい味と香りも甦《よみがえ》ってくる。今度は花の咲く春に来ればいいと言われていたのに、すっかり期を逃してしまっていた。四月半ばにはミカンの花が咲いて、谷いっぱいにジャスミンのような甘い芳香が漂っているそうなのだ。尚二は来年の春こそはきっと、と、もう一度頭に刻み込ませながら歩き続けた。

ミカン畑の間を登る道を歩き続けていると、最初の展望地点に出る。まだ山の中腹だが、平地を走る私鉄電車も見える、なかなかのビューポイントだ。

尚二はそこで【トモ】が来るのを待つことにした。

待っている間はあまり考えないようにしようと努力してみたが、それはちょっと難しくて、尚二はどうしても【トモ】についていろいろと予想しないではいられなかった。

どんな子がここを登ってくるのかな、と思うと、視線は常に下の道に向けられる。

一本早いバスで来たので、【トモ】が順調に歩いているなら、尚二よりも二十分遅れでこの場所に来る計算になる。

女の子の脚だともう少しかかるだろうか。

【トモ】はそれほどハイキングに慣れているような感じでもなかったので、三十分はかかるかもしれない。

時間が近づくにつれて、尚二の心臓は他人にも音が聞こえてしまうのではないかと心配になるほど、大きく高鳴り始めてしまう。

たまたま時計に目を落としていた尚二が、こちらに向けて歩いてくる白いトレーナー姿の人影を目の片隅で認めたのは、二十分を少し回った頃だった。

尚二はちょっと歩いて道の方に出た。

細い体つきの人が登ってくる。

カーキ色のキャップを被《かぶ》っていて、遠目からでは顔立ちはよくわからなかったが、だんだんと近づいてくるにつれ、尚二はまさか、と思い、何度も目を擦りながら注視していた。

二人の間の距離はどんどん縮まっていく。

相手はまだ尚二に気がつかない。

尚二はもう、間違いないと確信して、どうしてこんなことになるのかと混乱していた。

なぜこの道を登ってくるのが、片岡基紀なのだろう。

尚二はここで【トモ】を待ち伏せていたはずなのに、そこに現れたのが基紀というのは、これはそのまま素直に受けとめてしまっていいことなのだろうか。

【トモ】が女の子でない可能性など思いつきもしなかった。

だが、確かに基紀なら、【トモ】であるその他の条件を満たしている。インターネットをするし、自然散策が好きだと言っていたし、尚二と同じクラスにいる。そういえば、二人でクラス委員になることが決まったのとちょうど同じ頃、これからは少しだけ一緒に行動するチャンスが増えたというようなことをメールに書いてきていた。あれはそういう意味だったのだ。

尚二は自分の迂闊《うかつ》さに笑いさえ込み上げてくるようだった。

そうだ。

基紀が【トモ】だったのだ。

なぜ今の今まで気づかなかったのか、そのことの方が不思議である。

いつだったか、【トモ】も書いていたではないか。自分はすべてを【ヤスジ】に対して正直に話してはいない、と。あれは同じクラスではないとかそういうことではなく、性別のことだったのだ。

騙《だま》された、という不快感はない。

尚二はすべての謎が解けてしまった爽快《そうかい》な気分で、こちらに向かって歩いてくる基紀を待ち構えていた。

まだ少し距離があったが、とうとう基紀が尚二に気づいたのが、尚二にわかる。

基紀は尚二を見て、最初は見間違いかと思ったようだった。訝《いぶか》しそうな表情のまま歩いてくる。だが、尚二が基紀を待つように立っていること、じっと視線を当てて見つめていることなどから、人違いでないとわかったのだろう。

すぐ近くまで来ると、基紀は呆然《ぼうぜん》と立ち尽くしてしまった。

「やっぱりあんただったか」

尚二は軽快な口調で基紀にそんなふうに声をかけていた。

この先を二人で並んで歩くためには、今ここでサイトのことや、自分が【ヤスジ】だということを暴露《ばくろ》してしまうのは得策ではないと判断したのだ。

基紀を逃がしたくない。

そのためにも、ここで出逢ったのは単なる偶然を装う方がいいと思った。

「……どうして？」

基紀はまだ信じられないように尚二を見つめて狼狽《ろうばい》していた。その様子に、尚二は意外なくらい素直な気持ちで基紀を可愛いと感じてしまっていた。こんなふうに頼りない顔をする基紀は初めて見る。たぶん、不意を衝《つ》かれていつもの落ち着きが取り戻せないだけなのだろうが、尚二にしてみれば基紀の半分はすでに【トモ】だという感覚になっている。【トモ】が男でも、好きだという気持ちにはそれほど変化がなかった。こればかりは尚二も驚くほかはない。たぶん、少し前から基紀自身に興味が出てきて、彼と親しくなりたいと感じだしていたことが、一気に【トモ】への気持ちと繋がってしまったのだろう。

「どうしてってのは、俺のセリフでもあるさ。まさかあんたとこんな場所で会うとはな」

「きみはここで何をしているんだ?」

恐る恐るというふうに基紀が聞いてくる。

尚二は肩を竦め、背中に背負ったリュックを指さした。

「この格好がハイキング以外の何に思えるわけ? 俺はこの山に登ろうと思っていたんだよ。どうやらあんたもそうらしいな」

基紀も尚二と同じような格好をしている。白いトレーナーに伸縮性のある長ズボン、腰にはパーカーを巻きつけ、靴はちゃんとウォーキングシューズを履いている。これまでは基紀の制服姿しか見たことがなかったが、こんな格好もなかなか似合っていた。

「ちょうどいいから一緒に歩こうぜ」

尚二がそう言うと、基紀はなんともいえず神妙な顔つきをしたまま、じっと尚二を見返してくるのだった。

晩秋の山道を、尚二と並んで歩いている。

まだ基紀にはこれが現実なのか、自分に都合のいい夢を見ているだけなのか、ひどく曖昧《あいまい》な捉え方しかできていなかった。

しかし、何度横目で隣を確認しても、尚二は消えない。それどころか、ときおり彼の呼吸する音も聞こえてくれば、微《かす》かな汗の匂いまでも感じられる。今自分が尚二と一緒に山を登っているのだと信じないわけにはいかなかった。

基紀は山登りのせいではなく、心拍数が増え、体温が上昇してくるのを意識していた。

顔には出さないまでも、どうしよう、どうしよう、と心の中では焦っている。

なにか気の利《き》いた会話が交わしたい。

退屈な男だと思われたくない。

せっかくこうして万に一つのような偶然があったというのに、ここから先を自分でどうにかできなければ、本当に自分自身に嫌気がさしてしまいそうだった。

けれど焦れば焦るだけ基紀は言葉が出せなくなる。

しばらく黙ったまま歩き続けていたのだが、先に沈黙を破ったのは、やはり尚二だった。

「ほら見ろよ、片岡。ずいぶん登ったぞ」

尚二が足を止め、背後を振り返ってそう言う。

基紀もつられるようにして自分たちが歩いてきた道を振り返った。

眼下には緑濃いのどかな田舎の集落や、区画整理された田畑などが広がっている。

「頂上まではこの倍くらいあるから、登ってしまえばもっと遠くまで見渡せる。気持ちがいいだろうな」

言葉のとおり、尚二は本当に気持ちよさそうな顔をしている。日に灼《や》けた肌が基紀には眩《まぶ》しいくらいで、彼女のいる男だから諦めるべきだと承知していながらも、やはりまだ好きなのだと思い知らされる羽目になる。

戸外で思う存分汗を流しているからなのか、尚二はいつにも増して機嫌がよさそうだった。基紀が多少黙り込んでいても、反応しなくても、教室で向き合っているときほど気にならないらしい。

「もう少し登ると左に行く道があるから、ちょっと寄り道しようぜ」

「ずいぶん詳しいんだな」

「そうでもないさ」

尚二は白い歯を覗《のぞ》かせて笑う。

「この山はまだ二度目だ。でも俺は意外と土地勘が働く方で、一度でも辿った道は自然と頭に記憶しているようなんだ」

「すごいな。僕にはとてもまねできない」

「あんたはそのぶん学校の勉強ができるみたいだから、そっちの方が頭の使い方としては有益でいいじゃないか」

普段なら嫌味に聞こえたかもしれないが、尚二が含みのない口調でさらりと屈託なく言うので、基紀はどぎまぎする。なんだか今日の尚二はいつもとは別人のようだ。今まで基紀に対してこれほど友好的で親しみを感じさせることなどあっただろうか。

それとも、と基紀はちょっと意地の悪いことも考えてみる。

あの消しゴムのことで、尚二は基紀に悪いことをしたと感じているから、良心の呵責《かしゃく》を減らすためにこんなに気を遣ってくれるのかもしれない。それも充分にありそうなことだ。

「なぁ」

尚二がふと神妙な声を出したので、基紀も緊張して彼の顔を見返した。

さっき消しゴムの一件を思い返したばかりだったせいか、なんとなく尚二が次に言うことが、そのことのような予感があった。

「……まだ謝っていなかったよな」

やはり尚二はそう言った。

とても真摯《しんし》な顔つきで基紀を見つめてくる。

基紀はそれだけで、もうなんでもいいから許してしまえると思った。尚二がどれだけ反省し、後悔しているのか、基紀には充分伝わってきたのだ。

「消しゴムのことなら、もういいよ。気にしていないから」

本当はもっと愛想よく、違ったふうに返事をしたいのだが、基紀にはこれが精一杯だった。尚二を前にすると不必要に緊張し、言葉数が少なくなってしまい、いかにもそっけない言い方しかできなくなる。

「言い訳させてくれるなら、あれは単に指の弾みでああなっただけなんだ」

「きみがそう言ってくれると僕も気が楽になるよ」

基紀は急いでそう返すと、尚二がまだこの話を続けたがっているのを暗に拒絶した。

できればもうこの話題は終わらせて欲しかった。尚二に嫌われているわけではなかったのだとさえわかれば、基紀はそれでいいのだ。それ以上に蒸し返されるのは嫌だったし、それが察せられないほど尚二も無神経な男ではないはずだ。

尚二はちょっとだけ不服そうに唇の端を曲げたものの、基紀の意を汲《く》んでくれていた。場をしらけた雰囲気にしないため、ちゃんと別の話題に変えて会話が続くようにする。このあたりの気の遣いようは感心するほどだった。

「前に山歩きが好きって言ってたけど、あれ本当だったんだな？」

「好きは好きだよ。あまり実戦の経験はないけどね」

「あんたは色が白いし、なんだか華奢《きゃしゃ》で無理がきかなそうな深窓育ちの印象があるから、最初に聞いたときには耳を疑ったよ」

尚二がもう柿狩りの件にも触れないように、言葉を選びながら話してくれるのが、基紀にはありがたい。もともと尚二は、基紀が思っていたとおり、他人を思いやる気持ちの強い、優しい男なのに違いない。だからクラスでもあれほど皆に頼りにされ、慕われているのだ。

「でもあれを聞いてから、俺はあんたに対してすごく興味が出てきたよ。一度一緒にどこかを歩いてみたいなと思ったりしてさ」

基紀があからさまに信じられないという顔をしたのを尚二は見逃さなかった。

「本当だからな」

尚二はまるで照れを隠すかのようにそっぽを向き、わざとのようにぶっきらぼうな口調で続ける。

「今日ここで偶然会えて俺はよかったと思っているよ。あんたには単に迷惑だっただけかもしれないけどさ」

そんなことはない、と言いたかったが、基紀はどうしてか口に出してはっきりと気持ちを伝えることができないでいた。なぜだかわからないが、口が開けないのだ。歩くうちに緊張が解れてきているかと思っていたのだが、肝心なときには相変わらずすんなりと言葉を出すこともできない。これではいつまで経っても尚二に近づけないとわかっているだけに、自分が情けなくて仕方がない。

せっかく尚二がこれほど歩み寄ってくれているのに、基紀はいつも以上にぎこちなく振る舞ってしまう。それにもかかわらず、尚二は辛抱強くて、怒ったり不機嫌になったりといった態度は見せないのだった。

尚二が基紀に興味を抱いていると言ったのは本気らしく、彼はどんどん基紀に質問してくる。

「ハイキングのほかの趣味ってどんなこと?」

「月並みだけど、読書かな。ミステリーは国内物も翻訳物も結構読んでいる方だと思う。あとは、趣味と言えるかどうかはわからないけど、パソコンでインターネットをすることくらいかな。こうしてたまに野山を歩く以外は、想像通り室内遊戯が好きなタイプだよ」

「パソコンはいつから？」

「去年。ちょうど今くらいの時期から始めたんだ」

「自分で買ったの？」

「そう威張《いば》って言いたいところだけど、誕生日に両親から買ってもらったものだよ」

ふうん、と尚二は軽く受け流した。

「甘えられるうちは甘えていいんじゃないか」

基紀はつい尚二の横顔を見てしまう。なんだか少し意外だったのだ。親に頼るのなんか恥ずかしいことだと一刀両断するタイプかなと思っていた。自分に厳しそうな硬派なイメージを、尚二に対して抱いていたのだろう。

基紀がじっと見ていたので、尚二は視線を感じたらしい。

「なんか俺の顔についてるか？」

「いや、べつに」

基紀は慌てて視線を前方に戻した。

右手に民家が数軒、軒《のき》を連ねて建っている。ちょうどその向かい、基紀たちの左手に、道路が伸びていた。さっき尚二が言っていた道のことだろう。

「この先に、一つだけ願い事を叶えてくれるというお地蔵様が祀《まつ》ってあるんだ」

尚二が基紀を振り返り、顎をしゃくってみせる。

行ってみるか、と訊かれて、基紀は頷く。

一つだけと限定されているので、いったいなにを願えばいいのか迷うのだが、とりあえず尚二と並んで黄色い前掛けをしたお地蔵様の前で手を合わせた。

基紀はついに具体的な願いを思いつけなかったのだが、尚二は熱心に何事かを願っていたようで、結構長く手を合わせて目を閉じていた。

尚二の願いはなんだったのだろうかと、基紀はせつない気持ちのまま、ちらりとだけ考えた。


一つ願地蔵からさらに四十分ほど山を登りながら歩くと、いよいよO山の頂上展望広場に着くのだが、基紀はその行程の途中からだんだんと呼吸が荒くなってきて、息苦しくてたまらなくなってきた。

久しぶりに山歩きをしているせいもあるのだろうが、それよりもやはり、好きな男がすぐ横を歩いていて緊張しているせい、ということが大きいようだった。

そんな基紀に比べると、尚二の方は実に悠々としており、学校で向き合うときからは想像もつかないほど、二人でいることを楽しんでいるのがわかる。いつの間に尚二はこれほど基紀に対して好意的になったのだろうかと、基紀は不思議で仕方がなかった。単に場所が変わっただけで、こんなに人に対する見方や接し方が変わるものなのだろうか。

舗装された山道を歩く人の姿は、他には見かけなかった。ときおり二人の傍《かたわ》らを軽トラックや乗用車が走り抜けていく程度である。

尚二の体温さえも伝わってくる気がして、基紀は汗を拭うついでに何度もハンドタオルで頬の火照《ほて》りを押さえた。

「そろそろきつくなってきたか？」

基紀の様子に、尚二が歩調を緩めてくれる。

尚二にとってはこのくらいの山登りは苦にもならないらしい。

基紀は尚二が自分に合わせてゆっくりと歩いてくれるのが申し訳なく、いっそのこと先に行ってくれた方が楽だと思った。べつに約束して二人でここに来たわけでもなんでもない。尚二も最初の予定では一人歩きするために来たのだろうし、わざわざ基紀に合わせて自分のペースを崩す必要もないはずだった。

嫌ではないのかな、と尚二の顔を探るように見ても、尚二は穏やかで僅《わず》かの苛立ちも覚えていないすがすがしい表情をしている。基紀と目が合うと、にこりと唇の端を上げて笑いさえする。

「どうして、今日も山に登ろうと思ったの？」

基紀は弾む息を抑えながら、尚二に聞いてみた。

このまま黙って歩いているより、なにか話している方が、気が紛れて楽になれるようだったのだ。

「どうしてって……趣味だからとしか言えないなぁ」

返事は曖昧だったが、尚二は基紀から話しかけてきたのを喜んでいるようだった。

「昨日も例の学校行事で山歩きしてきたばかりだろう？　連日なんてわりとよくあること？」

「連チャンはあまりないけど。でも、今週末を逃すと次は来年の春まで出歩きにくくなるからな。来週末はもう期末試験前最後の週末になるだろ。さすがにそれはちょっとな。片岡くらい普段からきっちりと勉強しているならともかく、俺なんか親に大目玉だよ」

今週末を逃すと、という考え方は、確かに基紀も同じだった。それは一応納得のいく説明ではある。冬の山歩きは基紀もしない主義だった。

話のついでに基紀は柿狩りのことで尚二に一言謝っておこうと思った。

「……昨日は自分の勝手な都合でキャンセルして、悪かったと思っているよ。迷惑かけてごめん」

「片岡」

尚二が基紀の肩を、彼の大きな手で軽く押さえるようにした。

手はすぐに基紀の肩から離れたが、基紀はそのままずっと触れられた部分が熱を帯びて熱くなっているようで、平静でいるのに苦労した。

「それを言われると俺はちょっと辛いんだ。あんたが俺に謝ったりなんてしないでくれ」

「でも、僕もずいぶんと一方的で大人げなかったからね」

「それにしても、俺は今日ここであんたと会えて、こんなふうにいろいろな話ができて、本当によかったと思っているよ」

僕も、と言おうか止めておこうか、基紀は躊躇《ちゅうちょ》した。

尚二に会えて嬉しいのは事実なのだが、彼への未練を断ち切る意味でここに来たことは無駄になってしまった。これでは好きだという感情が高まる一方だ。土日は彼女とデートするのかとばかり思っていた。彼女のことを聞いてみたい気持ちと、聞きたくない気持ちが、基紀の中に半分ずつある。さんざんせめぎ合った挙げ句、傷つくのが嫌で、結局は口に出せないのだ。

「片岡はなんで山に登ろうと思ったんだ？」

今度は尚二の方から聞いてくる。

基紀は少し迷ったが、尚二に関係ない部分で本音を言うことにした。

「いろいろと振り切ってしまいたいことがあったからかな。なんだか最近特に鬱になっていて、このままだと精神的によくないなと自分でわかったんだ」

「たとえば？」

尚二は冷やかす気など毛頭《もうとう》なさそうに真剣な表情をしている。基紀も適当にごまかすのが悪い気がして言葉を足していた。

「好きな人がいるんだけど、その人が僕を好きになる可能性はないと知っているから、気持ちを精算したいと思った。それが一番大きな理由かな」

「なんで相手がそうだってわかるんだ？」

「横恋慕《よこれんぼ》だからだよ」

基紀は簡潔に答えた。

変な気分だった。基紀が話題にしている相手は、今目の前にいて、基紀の話を聞いている男自身なのだ。こんな奇妙なことがあるだろうか。

尚二は少しの間黙っていた。なにかいい言葉を探しているような、迷っているような、基紀にとってはむず痒いような沈黙である。

もしかすると露骨すぎたのだろうか、と基紀は不安になっていた。

尚二には内田《うちだ》とキスしていたところを見られている。かなりの確率で基紀が好きだと言っているのが男だという可能性は考慮していることだろう。案外自分に対しての遠回しな告白だと受け取って困惑しているのかもしれない。基紀は素直に喋ったことを早くも後悔していた。

「でもそれだけじゃないけどね」

基紀は尚二が何か言う前に、自分から重ねて言った。

「ちょっとインターネットで知り合った人ともうまくいかなくなってきていて、そのことで落ち込んでもいるんだ。だからなんとか気分を変えようと思ったこともある」

「インターネットか。どういうトラブル？」

尚二も今度はスムーズに話題に乗ってくる。基紀もこちらの話をしている方がずっと楽だったので、【ヤスジ】の件を詳しく話すことにした。

「最初は、僕たちが住んでいる周辺を主に散策している人のサイトを見つけたことがきっかけだった。身近な場所を具体的に紹介してあるから、どこか知らない土地のことを取り上げているのとはこっちも入り込み方が違ってね。僕はすぐにそこを見に行くのが習慣になった。しばらくは眺めているだけだったけど、あるとき思い切ってサイトをやっている人にメールを出してみたんだ。すると向こうからも次の日には返事がきて、なんとなくそのままメール交換する関係になっていた」

「そういうの、楽しいのか?」

「僕は楽しかったけどね。でも、今思えば、相手はただの義理だったのかもしれない。サイトを見に来てくれたお客さんに親切にしているだけのつもりだったとか」

「そんなことないんじゃないか。最初のメールに対する返信はそりゃあ半分以上は義理かもしれないが、それ以降は相手も好意を持ったからだろうさ」

「僕もそう信じていたかった」

基紀は唇を噛んでしまう。

今でもどうして【ヤスジ】からのメールが途絶《とだ》えてしまったのかわからないから、すっきりとしないのだ。せめて、嫌になったとか、飽きたとか、なんでもいいから理由をはっきりさせてから音信を絶って欲しかった。

「でも、今月に入ってすぐだったか、突然僕が何通メールを出しても返信が来なくなってしまった。それまでの半年の間、ずっと一通も欠かすことなく返信をもらっていたものだから、僕も唐突でかなりショックだったよ。なにが気に障《さわ》ったのか……いろいろと考えたけれど、思い当たることといえば、趣味の話よりも僕が恋の相談をしすぎて相手に甘えすぎたことくらいしかなくて。

正直今もよくわからない」

「あのさ、そういうことだったら単に向こうが怒っているとかってだけじゃなくて、他にもいろいろと原因は考えられるぜ」

尚二はきっぱりとした口調で基紀に言い切る。

「たとえば相手のパソコンが壊れたとか」

「三週間も?」

「そんなのざらにあるさ。俺の知っているやつのなんか修理に出したら一ヶ月は返ってこなかったんだぜ。その間は他のツールがない限り、メールチェックはできないし、もちろん返信もできないだろ。そういう可能性もあるじゃないか」

基紀にしてもまったく無視していた可能性ではなかったのだが、こうしてあらためて第三者から指摘されると、そうかもしれない、という気持ちが強くなってきた。

本当はそんなふうなアクシデントではなかろうかと、常に信じたがっている自分がいたのだ。けれどあまりにもご都合主義な気がして、先にもっと悪いことを予測して、いざという場合に備えておくという癖が、基紀にその可能性を否定させていた。

「あんたはもっと自分を楽にする方向にものを考えろ」

尚二がそう言ったとき、ちょうど右手に駐車場が見えてきた。

御牧山《おまきやま》公園まで来たのだ。

尚二は基紀に合わせていた歩調を本来の自分のものに戻して、基紀の前を歩き始めた。そうやって基紀よりも先に行こうとする直前に、尚二が、

「でないと俺はあんたのことが心配で放っておけなくなる」

と言い捨てたのを、基紀は聞き逃さなかった。

基紀はどういう意味で尚二がそう言ったのか確かめることもできず、ただ呆然としていた。

公園の奥にある、馬頭観音《ばとうかんのん》のお堂の裏から右手に回ると、そこは見晴らし三百六十度の山の頂《いただき》である。眼下にはずうっと平野が広がり、そのさらに向こうには海も見える。辺りにはなんの表示もないので、自分の頭にある地図と実際の風景を、方角に照らし合わせて見当を付けるしかないのだが、あれがカルデラで有名なA山、むこうがT山と、尚二が指さして教えてくれる。

尚二は本当に野山に親しんでいるようだった。知識も豊富だし、いちいち地図の世話にならなくても、だいたいの方角はわかるらしい。ボタンダウンのシャツに脚に馴染みきったような色褪《いろあ》せたジーンズを穿《は》いている姿は、同じ高校生とは思えないくらい大人びて見え、かっこいい。

基紀は全身に風を受けて気持ちよさそうに伸びをする尚二を見ながら、話しながら登ってきたときには忘れていた息苦しさを、また思い起こしていた。

心臓も再び動悸を激しくする。

だめだ、と思った。

こんなふうにしてずっと尚二の傍《そば》で過ごしたら、基紀はどうしても尚二を諦めることができなくなりそうで怖い。なんのために高速バスに乗り、ここまで遠出してきたのかもわからなくなってしまう。

「疲れたか?」

尚二がくるりと背後の基紀を振り返り、ふと心配そうな顔つきになって目の前に近寄ってくる。

「ちょっと顔が赤い気がするが、大丈夫なのか？」

基紀は慌ててキャップのつばを深く下げて、尚二から顔を背けようとした。

しかし、尚二の指が基紀の頰に触れる方が早かった。

基紀は驚いて、瞳を見開いて尚二を見つめてしまう。

背の高さの関係で少し見上げる感じになってしまう尚二は、教室で見るときとは比べものにならないほど大きく、頼りがいのある男に見えた。

真剣に基紀の体調を案じているのがわかる。

尚二の指はすぐに基紀の頰から離れたが、基紀は金縛りにあったように体が動かせなくなっており、大丈夫かと問われても、頷《うなず》くこともできないでいた。

「公園の中に自動販売機があったと思うから何か買ってこよう。あんたはここでちょっと休憩していろ」

ポン、と軽く肩を叩かれて、基紀はやっと反応することができるようになった。

「安野！」

すでに尚二は歩き始めている。

基紀の声に尚二は少し離れたところで一旦足を止めると、

「ついでだから小用もすませてくる。待っていてくれ」

と返事をしてきた。

基紀はその後ろ姿が見えなくなるまでぼんやりと見送っていたのだが、一人になったとたんに、急に焦《あせ》りが込み上げてきてしまった。

この隙に先に山を下りよう。

基紀はどうしてもこのまま先の行程を好きでたまらない男と二人で歩く勇気がない。そんなことをすれば、疲れが最高潮に達して気が緩んでしまった隙に、どんなことを口走ってしまうかわからない。

それだけは絶対に嫌だった。

尚二とはこのままいい関係で、クラスメートとして卒業までを過ごせればいいと思う。

それ以上は望んではいけないと思って、自分を必死で我慢させているのだ。平静な振りをして尚二の傍にいることは基紀には非常に疲れるし辛いことだった。学校内でだけならそれもどうにかなるが、こんなにずっと長い間二人きりというのは、基紀の神経が参ってしまう。

基紀は注意深く周囲を見渡しながら、展望広場から公園の方へと引き返す。

自動販売機は遠くに見えていたが、人影はない。どうやら尚二は向こうの方に見えている手洗いに入っているようだ。

そこまで確かめると、あとは一目散《いちもくさん》にその場を駆け抜けた。

舗装路まで出たときにちょうど目の前を一台の乗用車が走っていくのが見えた。

基紀はその車が行ったのと同じ方向に歩いた。

すぐに変則的な四辻に出る。

一瞬だけ迷ったのだが、車の後部が左手に回って下る道を通ったのを見た気がしたので、そのまま左に歩いた。O山の南に下る尾根から離れないようにすれば大丈夫なはずだった。気が急《せ》いていたので、基紀は無理をして足を速めて歩いていた。今にも置いてけぼりにされて怒った尚二が追いついてきそうで、なるべく速いペースで山を下りたかったのだ。

よく地図を確かめもせずに知らない山を下りるなど無謀すぎると、普段であれば考えたはずだが、それにも頭が回らないほど、基紀は動転してしまっていたのだろう。しばらく行くとまた道が枝分かれしている。

右に行く道は明らかに脇道だと思ったので、そのまままっすぐに歩いたが、すぐ次にまた、今度はほとんど同じ大きさの道が分かれている地点にぶつかった。

基紀は困って、持ってきた国土地理院の二万五千分の一地形図を広げ、道を確認しようとしたのだが、どうしてなのか、基紀が今歩いている道は載っていない。諦めて地図を畳み、リュックのポケットに戻したとき、何かがポケットから落ちた気がしたが、基紀はそれどころではない状態だったので、ほとんど気に留めていなかった。

そういえば、【ヤスジ】が注意書きを付けていた中に、O山からT町に入るまでの峠は脇道が多くてわかりにくいので、道に迷いやすい、とあった気がする。尚二とすいすい歩いていたものだから、ついここがその問題の場所だということを忘れてしまっていたのだ。

引き返そうか、という考えも頭を過ったのだが、そのとたんに胸がぎゅっと引き絞られるように痛み、痛みから逃れるように、基紀は勘《かん》だけで右の道に入ってしまった。

その道を足早に歩き続けながら、基紀は泣き出したいような気持ちになっていた。

どうして尚二を好きになってしまったりしたのだろう。

きっかけはなんだったのか、それすらももうよく覚えていない。

気がつくとずっと目の隅で尚二を追っていた。彼の屈託なく明るい声や態度に惹《ひ》かれて、最初は見ているだけで満足だったのが、いつの頃からか話しかけてもっと身近に寄りたくなったのだ。

その方が見ているだけよりもっと辛くなるなど、思いもしなかった。

いっそのことこのまま嫌われた方が楽なのかもしれないと思う。

好きだと言えないのなら、多少友達として近くにいられても、基紀にはなんの慰めにもならないのだ。

自動販売機でお茶とスポーツ飲料を買って展望広場に戻った尚二は、基紀の姿が見当たらないので首を傾げてしまった。手洗いに行ったのだろうかと思ったが、もしそうなら尚二が気づかなかったはずはないと、即座に否定する。

尚二はしばらく公園内を一周し、隅の方にいないかと確かめて歩いたのだが、そもそも基紀がそんな隠れんぼのようなことをする理由がない。

先に行ってしまったのだとしか考えられなかった。

「あいつ！」

鋭く舌打ちして、尚二は腕時計を見た。

ここに着いたのは十一時ちょうどだった。基紀が尚二の目を掠めて先に山を下り始めたのだとすれば、それは尚二が手洗いに入ってしまった時以外には考えられない。余裕を持って考えると、基紀が歩き始めて五分は過ぎている計算になる。

尚二は厳しく表情を引き締めていた。

基紀が勝手に先に出発したことに対する憤《いきどお》りももちろんあるのだが、それ以上に、ここから隣町に入るまでの峠道は地図にも載っていない迷いやすい道で、万一違う道に入り込んでしまえば、この季節だから農作業をしている人々にそうそう出くわすとも思えず、道を尋《たず》ねようにもどうしようもない状態になるのが目に見えているからなのだ。人家を探し歩いているうちにさらに迷い込む可能性もあるし、最悪の場合日が暮れてしまえば、身動きが取れなくなる。基紀が今時の高校生らしく携帯電話の一つでも持っていればまだそこまで心配しないのだが、彼はそんなものには興味もないし必要性も感じていないようで、どうやら持っていないようなのだ。

迷わずに鹿伏《かぶせ》の集落まで無事に辿り着いてくれればいい。もし尚二がサイトにアップしておいた簡単なスケッチ地図をプリントアウトして持参してくれていれば、比較的わかりやすく、目印なども書き込んでおいたから大丈夫だとは思うのだが、どうも基紀はそこまでしていない感じだった。

もしサイトからプリントアウトしてきた地図を持っていたのなら、たぶん尚二にも見せてくれたと思うのだ。インターネットの話もしたし、基紀自身の口から【ヤスジ】のサイトの話も出た。普通に考えて、もしもコピーを持参していたのならば、「こんなことを紹介しているページだ」と言って見せたりしないだろうか。

こういう場合、尚二は最悪を考えて行動する方がいいと思っている。

ちゃんと目的地に着けばそれはそれでいい。月曜日に基紀の頬を一つ二つ張り倒してやればすむだけの話だ。もちろん心配させられたことに対するペナルティーだ。どんな事情があったにしろ、黙って先に行ってしまうような非常識で失敬なことが許されるはずがない。

尚二はとにかく冷静になることにした。

ここで自分まで頭に血を上らせていては仕方がない。

最初の四辻は、道なりに進んだだろうと見当を付け、もう少し先まで歩いた。問題はこの次に交差してくる道なのだが、ここを左に左にと素直に進んでくれていればいい。ただ、立て続けに二本枝道があるうちの二本目は、以前尚二も悩んだところなだけに、基紀が万一右に入り込んでしまっていたらという可能性を捨てきれない。

尚二は注意深く道の先に目を凝《こ》らしたり、地面に何か痕跡が残っていないかと目を皿にして、ゆっくりと歩いていく。今日は快晴だから、乾いた舗装路には手がかりなどなさそうだ。ほとんど無駄な努力をしているのだとわかってはいるのだが、そうせずにはいられなかった。

まだ何も言ってないのに、勝手に先に行きやがって、と思うと、腹が立つやら情けないやらで喚《わめ》き出したくなる。どうしてこんなばかげた心配と苦労をさせられなければいけないのだろう。

尚二の算段としては、道々ゆっくり、もっと親密な話をして、基紀がどうしても自分から言う勇気がないのなら、尚二の方から好きだから付き合おうと告白するつもりだった。もちろん柿添《かきぞえ》亜矢とは合意の末に別れたことも説明し、基紀の気持ちも大切にしようと思っていたのだ。基紀が内田と一緒にいて、キスまでしていたことについても、できればどういうことなのか知りたかった。

それがどこでどう間違ったからこんな探偵もどきのことをさせられる羽目になるのか。

つくづく基紀の早計さには呆れてしまう。こんなにせっかちな男とは予想外だった。

二つの道が交差する地点で、尚二は深く嘆息し、腕組みして立ち止まった。

こんなところで考え込んでいてもわかるわけがない。一か八かでどちらかに行ってみるしかないだろう。ここさえ間違わずに進んでくれれば、あとは鹿伏の入口までは迷うことなく行けるはずだ。その場合、早ければ十二時半くらいには【ヤスジ】が紹介している桐葉の集落に着く。そこに一軒だけある民宿に、昼飯を食べに寄るだろう。

尚二はウエストポーチから携帯電話を取り出すと、去年のメモを見て、桐葉の民宿に電話をかけた。もしも基紀が先にそこに着いたら、自分の携帯に電話して欲しいと頼む。農家の人が農業のかたわらに民宿をやっているところである。電話に応じた奥さんは、はぐれたと聞くと大層心配して気にかけてくれた。

これで万一すれ違っても、運がよければ桐葉で合流できる。

尚二が右手に伸びる道に向かって歩き出そうとしたとき、ふと、山道には違和感のある小さなものを、目の片隅が逃さずに捉えていた。普通ならあっけなく見過ごしていたに違いないものだっただろうが、このときの尚二は何かないかと神経を鋭く張り巡らせていた。

道の端に落ちていたそれは、小さな紙片だった。中途半端に折れ曲がっていて、まだ真新しい。開いてみると、コンビニのレシートである。しかも、高速バスの発車する、バスセンター内にある店のものだった。日付も今日になっているし、買った品はミネラルウォーターのペットボトルである。間違いなくこれは基紀が落としたものだろう。

基紀はここでいちおうどちらに行くのか悩んだのだ。

リュックに入れた地図を出すか何かして、ついでにこれを落としたのに違いない。

やはり基紀はこの間違った方の道を行ってしまったのだ、と確信するや、尚二は大股で歩き出していた。紙片が落ちている位置からしても、左にちゃんと進んだ可能性は低い。

尚二はどんどん山の奥へと歩いていきながら、基紀がこれ以上余計な脇道に入り込まず、おかしいと気づいた地点で引き返してくれればいいと願った。一筋間違ってしまえば、斜面をくねくねと曲がりながら進む道は、どちらの方向に進んでいるのかわからなくなる。慣れた尚二でもそうなのだから、基紀はもっと混乱するだろう。

少なくとも水を持っているのだけはわかっているから、まだいい。

疲れて休んでくれていれば、尚二の脚が追いつくかもしれない。

尚二は思いつく限りの可能性を頭の中で並べてみながら、目と耳をフル稼働させて注意深く歩き進んだ。

歩きながら、基紀の困惑しきった顔を思い浮かべる。

唐突でさぞかし驚いたのだろうことは承知していた。けれどこんな形で尚二を振り切って逃げるとは思わなかった。

「くそっ」

尚二は歯軋《はぎし》りする。

「なんで【トモ】が片岡基紀なんだ！　お陰で俺は見事に宗旨《しゅうし》替《が》えしなきゃいけないじゃないか！」

この際独り言でもなんでもいいから悪態をつかずにはいられない心境である。

「そりゃ確かにここのところ俺は片岡の綺麗な顔を見て、ちょっとばかり変な気分になってはいたさ。興味も持っていたし！　だけど具体的にどうこうしたいって思ったわけじゃなかったよ。俺が好きなのは【トモ】だと思っていたからな」

ところが蓋《ふた》を開けてみれば、二人は同じ人間だったのだ。

「【トモ】を恋人にして、あいつは趣味の合う友人。それが俺の描いていた未来予想図だったんだ。これだとすごくわかりやすくて、健全じゃないか……いや、もちろん男同士が不健全だとか毛嫌いしているわけじゃないが……」

自分で好き勝手に喋っているうちに、尚二はわけがわからなくなってきてしまう。

最初は【トモ】のことがずっと好きだった。メール交換しているうちに、会いたくてたまらなくなったことが何回もある。なんとかしてオフ会に参加してもらえないかと画策したものだが、【トモ】が姿を現さなかったのも道理だ。まさか男だったとは尚二には考えつきもしなかった。思い込みというのは恐ろしい。尚二は最初から【トモ】を女の子とばかり考えていたのだ。

そして基紀に対しては、最初はそれこそ、気の合いそうにない嫌なイメージしか持っていなかった。だんだん口をきく機会が増えるたびに新しい発見が重なり、勝手に描いていた印象が間違っているとわかってきて、徐々に興味が湧いてきた。もっと親しくなりたいと思ったのだ。並はずれて綺麗な容姿をしている基紀が男とキスしているのを見てからは、少しだけセクシャルなことも考えた。男とセックスしているのかな、とか、あくまで興味本位のことだ。しかしもっと正直に白状すれば、基紀とならキスくらいしてもいいかもと思ったのも否《いな》めない。思っただけで下腹部が張り詰めてしまったのも、恥ずかしながら事実なのだ。

難しいことをごちゃごちゃと考えても仕方がなかった。

「いいよ、もう」

尚二はとうとうそう呟いてしまう。

「【トモ】が片岡基紀でも、片岡が男でも、いい」

大切なのは今必死に基紀を捜している自分の気持ちである。

好きじゃなければ誰がこんなにも必死になるものか、と思う。もちろん人として、山に登る者のモラルとして、迷い込んでしまった友人の捜索はするだろう。けれど行為は同じでも感情は違っていると思うのだ。

「おーい、片岡ーっ！」

尚二は緑の濃い山の中で大声を張り上げた。

何度も基紀の名を呼び、いたら返事をしろと怒鳴りながら、尚二は歩き続ける。

尚二が向かっている道の先から、こちらに引き返してくる基紀の姿を見つけたのは、かれこれ三十分以上経った頃だった。


最初に尚二が基紀にしたのは、手加減なしで彼の白い両頬に平手打ちを喰らわせることだった。

それから尚二は怒りに満ちた瞳で基紀を睨みつけ、

「この山から下りたらあんたは二度と野山歩きなんかするな！」

と厳しく決めつけた。

「俺はどんな言い訳も聞かない。あんたには山登りをする資格はない。近所の自然公園に一人で弁当でも持って出掛けるくらいがせいぜいだ」

「……安野」

「俺は長く山に登っているが、こんな仕打ちを受けたのは初めてだ。もちろんあんたとは約束して一緒に来たわけじゃないさ。あんたが俺のことを鬱陶《うっとう》しく感じて、どうしても一人歩きしたかったというのなら、それはそれで好きにすればいいだろうよ。だがな、普通の人間は、そんな場合でもちゃんと一言相手に断ってからそうするもんなんだ。そんなこともわからないで、学校の勉強だけできても、なんの意味もない！」

尚二は安堵の気持ちが強ければ強いだけ、心とは裏腹に基紀に冷たく当たり散らしてしまっていた。一度言葉が堰《せき》を切ると、全部吐き出すまで止まらない。

「二度としないと誓え！　二度と俺の傍から離れないと言えよ」

尚二の迫力に、基紀は逆らうことができないようだった。

「ごめん」

低い声で謝る。

それだけでは尚二が納得しないことも承知しているらしく、僅かに顎を引いて俯《うつむ》き加減になりながらも、二度としない、と約束した。

「山を下りるまでは俺の傍を離れるな」

尚二は最後までだめ押しすると、基紀の細い腕をぐいっと引き寄せる。

驚いた基紀が、尚二の胸板にほとんど倒れそうになってぶつかってきた。

本当はそのまま基紀を抱きしめたい衝動に駆られたのだが、尚二は間一髪で理性を働かせ、踏みとどまった。

基紀の腕を掴んだまま、引き連れていくようにして、主道までの道のりを引き返す。

「あんたのお陰で小一時間ばかりも時間をロスしたぞ」

言いながら、あくまでも歩調は基紀に合わせ、無理に急がないように気をつける。ペースを崩すと疲れが酷くなる。尚二は口でこそ基紀に冷たくしながらも、態度はまったく逆だった。

「桐葉で休憩してそのまま路線バスでY市に出て、そこから高速バスに乗るつもりならそれほど影響しないと思うが、もしまた桜峠《さくらとうげ》を越えてY町の山道を歩ききってYパーキングエリアに戻りたいんだったら、相当ハードだ。途中で日が暮れたりしたら目も当てられないからな。夕方になると気温も急に下がる。どうする?」

「……きみは?」

基紀は躊躇いながら、先に尚二の意見を確かめてくる。尚二に、従ってついてこい、ときつく言われたことを考慮しているのだろう。尚二は、こういうところはちゃんと素直にする基紀が、可愛いと思って、苦笑したくなる。

「俺はもちろん振り出しに戻りたいと思うけどな……」

尚二がわざと意地悪く語尾を濁して基紀の顔をじっと見つめると、基紀は軽く唇の端を嚙み、視線を逸らしてしまった。

あまりいつまでも苛《いじ》めるのも大人げない。

尚二は基紀の腕を離してやり、半歩先を歩き出す。

「どうせ片岡も最後までやり遂《と》げないと気がすまないんだろ?　だったら付き合ってやるよ。その代わり、今晩はこれから行く桐葉の民宿に一泊するぜ」

「え?」

基紀は狼狽した声をあげた。

尚二には基紀の困惑する気持ちがよくわかっていたが、わざと気づいていない振りで、無視して言い続ける。

「明日は日曜だ。日帰りが泊まりになったくらい平気だろ。親に電話しておけよ」

基紀が歩調を速めて尚二の横に並んでくる。

「そんな、急に言われても困る。僕は泊まりの用意なんて何もしていないし」

「何も必要ないさ。歯ブラシは宿にあるし、下着は洗濯機を借りて洗ってしまえば、一晩で乾く。寝るときはどうせ浴衣を出してもらえるんだから、それでいいじゃないか」

「きみはそれでいいかもしれないけど……」

「決まりだ。そうするぞ」

尚二はわざと基紀に最後まで言わせずに決めてしまうと、また歩くスピードを落とした。追いついて並んで歩くために基紀が無理をしているのがかわいそうになったからだ。正しい道に戻ってからも、麓《ふもと》の集落である鹿伏まで一時間強、そこからさらに目指す民宿がある桐葉まで十五分ほど歩かなくてはならない。

泊まる話を打ち切ってしまった後も、しばらくの間基紀は俯き加減で、なにやらずっと考え事をして悩んでいるようだった。

尚二はその様子を横目で窺《うかが》いつつ、そんなに悩まなくてもいいのに、と言ってやりたくて仕方がない。だが、今すぐここで、尚二の方から基紀に好きだと言うには、さんざん怒った手前ちょっと抵抗があるのだ。基紀を不必要に悩ませて悪い気もしたが、そのくらいはペナルティーとして我慢してもらってもいいだろう。

「もしかして、俺が怖いか？」

尚二の唐突な質問に、基紀は本心を言い当てられたかのようにギクリと身を竦ませる。

「でも言っておくけど怒ってもらえるうちが花だからな。誰だって、どうでもいいやつ相手に、自分の労力と神経をすり減らして、嫌な気分になってまで怒る気は毛頭ないだろ。俺もそこまで面倒見のいいお人好しじゃないぜ」

基紀は尚二が言外に仄《ほの》めかしていることの意味を、好意的に受けとめていいものかどうか慎重に考えているようだった。

「べつに俺が嫌いじゃないんだろう？　前にそう言ってくれたことがあったよな？」

「もちろん嫌いじゃない」

「じゃあもっと俺と親しくなってみろよ」

尚二は基紀の頬がすっと赤くなるのを見ると満足した。

「実のところ、俺はそんなに怖くないんだぜ、基紀」

基紀をファーストネームで呼び捨てにしてやる。基紀も気がついて、戸惑った目をした。

「ところであんた、俺の名前を知ってるか?」

「安野…尚二」

知っているのならいいんだ、と尚二はニヤリと笑ってみせた。

本来辿るべき正しい道にまで戻り、尾根から離れないように一キロほど進んだところで、左に農具などが置かれた作業小屋が見えてくる。右の対面には大きな水槽のようなものがあり、ここで道はまたしても変則的に交わりあって四辻を作っている。ここに来る途中もずっとそうだったのだが、この分岐点にもなんの表示も出ていなかった。

「水槽と農具小屋のある角を目印に覚えておくといい」

尚二は基紀にそう教えてくれる。

「ちょうどここがY町とT町の峠になる」

基紀は複雑に交差しているその地点を眺めつつ、尚二があまりにも慣れていることに驚きを感じていた。

朝ばったりと出会ったときには驚愕して腰が退けてしまいそうになったが、迷っているところを捜して助けに来てくれたり、その後にいくつもあった分岐点もものともせずに、ここまで問題なく連れてきてもらい、尚二がいなかったならば基紀が途方に暮れただろう場面は数え切れない。

桐葉を訪ねる山歩きコースは、【ヤスジ】が紹介しているものの中でも、かなりハイランクの慣れた人向きコースに振り分けられていた。基紀のこれまでの経験からすれば確かに少し無理をしなくてはいけない場所ではあったのだ。ある意味自分に苦行を課す目的もあったからちょうどいいと思ったのだが、その考えは甘かったと反省している。

尚二の横顔はシャープで端整なラインをしていて、基紀はこんなに近くで長く見つめるのは初めてだった。

これでこの男を諦めろというのは、あまりにも酷だ。

それどころか基紀はますます尚二を好きだと感じてしまい、男のくせに彼の長くて逞《たくま》しい腕に抱かれることを想像してしまうのだ。基紀は昼間から、それも自然に囲まれた健康的なハイキングなどというものをしながら、淫《みだ》らなことを夢想してしまう自分が恥ずかしくてたまらない。息が上がったり、頬が紅潮するのも、半分以上はそのせいだった。

「右手にある水漕に沿って一度回り込んでから、すぐ左のこの道を取るんだ」

尚二が基紀に念を押した。

基紀も帽子を押さえる振りをしながら、赤らんだ顔を隠して頷く。

「どうした。きついか？」

訝しそうに尚二に聞かれ、基紀は慌てて首を振ったのだが、尚二に左手を摑まれたのでびっくりした。

少し汗ばんだ基紀の手を、尚二の大きな手が、しっかりと握って引っ張る。

「来いよ。あと二キロほどで鹿伏に出る」

基紀と手を繋いだままにして、尚二は左手に見えている下り坂になったセメント舗装の道を下り始めた。

基紀はどきどきしてうまく言葉も出せないほどだった。

指の震えが尚二にも伝わり、尚二はますますしっかりと基紀の手を握ってくる。

「安野。……安野」

基紀がほとんど泣き出してしまいそうに困惑した声を出しても、尚二は振り向きもしなければ、手を離そうともしない。基紀は尚二が自分の気持ちを知っていて、からかっているのだろうかと感じないではいられなくなる。

「手を離せよ」

「いいじゃないか。ここには誰もいない」

尚二の方はあくまでも平然としたままだった。

そういうことではなくて、と基紀は眩暈《めまい》がしそうになる。

「きみは、か、彼女はどうしたんだ」

基紀は何か喋っていないと高鳴っている心臓の音まで聞かれそうで、本来なら決して聞かないようなことを聞いていた。

「彼女って？」

尚二が、腹が立つほどのんびりと聞き返す。

「だから、隣の、二のBの柿添さん」

「木曜だったかな、別れようって二人で決めたんだ」

基紀はまったく知らなかったので、尚二の返事の意外さに驚いてしまう。

「どうして？」

「どうしてと言われてもな」

尚二がちらりと基紀を見て複雑そうな顔をした。

基紀と目が合うと、尚二はフッと口元を緩めて笑う。

「あんたが俺のそういう動向に興味を持ってくれているとは思わなかったよ。学生の本分を怠《なま》けて男女交際にいそしむやつなんて、って感じで、軽蔑されているかと思っていたけどね」

「そんなこと、いつ誰が言った」

基紀はあまりにも尚二が自分のことで勝手な誤解をしているようなのがたまらなかった。つい声を荒くしてしまう。

「まあそれはずいぶん前に勘違いだとわかっていたけどね」

尚二は、今度はしゃあしゃあとそんなふうに言った。

からかわれているのだ。

基紀は悔しさに唇を噛んでしまう。

内田とのキスを見たからそんなふうに遠回しな嫌味を言うのだと思った。

それでもまだ二人は手を繋いだまま歩いている。

「ついでだから自分のことも白状しろよ」

尚二は基紀の心臓を悪くするようなことを言い出す。

「好きだけど絶対に報われないから諦めないといけない人って、あの三年の内田さんを指して言っているわけじゃないだろ?」

「それは……」

基紀にはその先は言えなかった。

もう手を離して欲しかったが、尚二は少しも力を緩めてくれない。繋いだ手が熱くて熱くて、どうにかなってしまいそうだ。

「プライベートなことは言わない主義？」

仕方なく基紀は頷いた。

尚二が声を出して笑う。

「狡《ずる》いよ、基紀。俺にだけ彼女との破綻《はたん》を白状させやがって」

「聞くつもりはなかったんだ。ごめん」

「まぁいいけどね」

不意に尚二が手を離してくれた。

基紀がハッとして顔を上げると、S川の上を通過しており、鹿伏の集落が目と鼻の先に迫っていた。


S川を渡るとすぐ、大きな道と交差する。県道である。

県道を南に歩いていき、十五分ほどすると桐葉の集落が見えてくる。

尚二は集落に入る手前の右手に建っている大きな農家の敷地に、躊躇することなく入っていく。黒くて古い屋根の上を見ると、『谷《たに》の里《さと》』という看板が掲げてある。どうやらここが一泊すると言っていた民宿らしかった。あのあと尚二は携帯で宿の主に連絡を取っていた。

「こんにちは。お世話になります」

尚二が玄関先で大きな声を出して奥に呼びかけると、

「はーい」

という陽気な返事と共に、バタバタと走り出てくる足音がする。

出迎えてくれたのは三十代後半くらいの女性で、この家の若奥さんとのことだった。後ろで一つに結んだ髪に赤い花柄の三角巾をきゅっと結んでいて、素朴で陽気な働き者という印象の人である。

「あーよかった、ちゃんと出会えたんだぁ。心配してたのよー」

「すみません、突然ご迷惑をおかけして」

「いいの、いいの。うちはちっとも気兼ねしなくていいんだからね」

「ご心配おかけしてすみませんでした」

基紀も頭を下げる。

「さっ、上がって、上がって」

彼女に促《うなが》されて、基紀は尚二と一緒にウォーキングシューズを脱いで家の中に上がる。

相当に年季の入った家のようで、間取りも昔ふうのまま、ほとんど手を加えられていないようだった。

「主人のお祖父ちゃんが建てた家だから、八十年は経っているんじゃないかな」

基紀が太くて黒い柱や磨《みが》き込まれた板張りの廊下に視線を向けていると、そんな説明があった。

代々この土地で農家をしていると言う。民宿を始めたのは、彼女と夫の発案らしかった。

「ここはちょうど村の分岐点になるから、じゃあよその人とも仲良くしようよ、ってことで。村民交流の場になればいいなと思ったわけ」

この辺一帯で民宿を営《いとな》んでいるのはこの家だけらしい。

基紀と尚二を今夜泊まる部屋に案内したあと、彼女は昼食の膳を整えるからと言い置いて出ていってしまった。

六畳部屋で二人きりになる。

部屋の中央には冬にはこたつになるような卓袱台《ちゃぶだい》と、白いカバーが掛けられた座布団が二枚出してあった。夜になるとこれを隅に移動させて、押入から布団を出して敷くのだろう。

なんだかとんでもないことになった、とあらためて基紀は感じていた。

この部屋に尚二と二人で、布団を並べて寝るのだ。

果たして自分の理性がどこまで保てるのか、試されてしまうような怖さがある。基紀はそんなに忍耐力のある方ではないと自分のことを考えており、今夜一晩冷静でいられる自信など少しも持てないでいた。

「二月の修学旅行の予行練習だと考えればいいだろう?」

基紀の緊張が伝わるのだろうか、尚二が茶化すようなことを言う。彼の方はすっかり落ち着き払っていて、まるで自分の部屋にいるようなくつろぎ方だった。卓袱台に座って隅に置いてあるポットの湯を急須《きゅうす》に注いでいる。

「まぁあれは海外だし、雰囲気はまったく違うだろうけどさ」

尚二が基紀にもお茶を差し出してくれる。

基紀は仕方なく尚二の前に座ると、いい具合に色と香りの出ているお茶を飲んだ。

「安野は、何人兄弟？」

基紀はやっと少し緊張が解れてきたので、以前から興味があったことを聞いてみた。

「上に姉貴が一人いるけど、もう結婚して家にはいない。あんたは？」

「僕は一人だ」

「ふうん、なるほど、いかにもそんな感じだよな」

どこがどんなふうにそんな感じなのか聞きたかったが、ちょうどそのときに若奥さんと、もっと年輩のおばさんが、二人分のお膳を運んできてくれたので、話は中断された。

大きな膳には、山里の味覚がいっぱい並んでいる。器《うつわ》も地元の焼き物らしく、あたたかな色合いの、情緒溢《あふ》れるものばかりだった。

料理は、烏骨鶏《うこっけい》という、鶏の中でも一番栄養のある種類が産んだ卵の吸物、特製味噌だれで食べる大きなオクラ、コンニャクの刺身、栗の甘露煮《かんろに》とギンナン、とろろ芋など、ここでしか食べられないものが並んでいる。とれたての野菜もちぎりたての果物も、全部自分たちの畑や村の産物らしかった。

美味しい食事が終わると、今日はもうここに泊まると決まっているだけに、基紀は急に眠気をもよおしてきてしまった。昨夜あまり眠れなかったし、今朝も早くから出掛けてきた上、思いがけない尚二との道行きで、すっかり疲れてしまっているようだ。

少し横になっているだけのつもりが、いつの間にか深く眠り込んでしまっていた。目が覚めたときには、もう日は沈みかけており、窓の外に綺麗な夕焼け色に染まった空が見えていた。起き上がった拍子に肩から滑り落ちた毛布にも気がつく。尚二が掛けてくれたのだろうかとちらりと思って、寝顔を見られてしまったかもしれない、と気恥ずかしさを覚えた。

部屋に尚二の姿はなかったのだが、農家の広い庭の隅から、子供のはしゃぎ声と一緒に尚二の声も聞こえてきたので、どうやら彼は基紀が寝ている間、この家の子供たちと遊んでやっていたのだとわかった。基紀自身は子供が苦手で、どう接していいのかわからないから、庭に出てみんなの仲間入りするのは遠慮しておくことにする。子供も敏感で、基紀が苦手に感じているのをわかるらしく、近寄って懐いてくることもあまりないのだ。

しばらく窓辺に座り込んでどんどん暮れていく空を眺めていると、スッと襖《ふすま》を開ける音がして、尚二が部屋に戻ってきた。

「なんだ、起きていたのか」

「毛布を掛けてくれたの、きみ？　ありがとう」

「風邪でも引かれちゃたまらないからな」

尚二の言い方はぶっきらぼうだったが、基紀には気にならなかった。

さっきは尚二がお茶を淹れてくれたからと思い、今度は基紀が茶器の傍に座って新しい茶葉でお茶を淹れた。

湯飲みを差し出す基紀の指と、受け取ろうとして手を伸ばしてきた尚二の指とが触れ合う。基紀は一瞬、あっ、と思ったが、もちろん尚二に振り払われるようなことはなかった。尚二はなんでもなかったように基紀の手から湯飲みをもらうと、そのまま口に持っていく。

こくりとお茶を味わってから、尚二は微《かす》かに笑った。

「なんかちょっといい気分かも」

「え？」

「いや。べつに」

べつに、などと言うくせに、尚二はまだ少し笑っているようだった。

「夕食は少し遅めにしてもらうことにしたけど、いいよな。基紀、先に風呂に入ってこいよ」

「きみが先でいいよ」

「へぇ。なんだったら一緒に入るか？　ここの客用風呂は結構広いぜ」

また尚二にからかわれているだけかもしれなかったが、基紀はお約束のように慌ててしまう。

小さな床《とこ》の間《ま》の脇に折り畳まれて用意してある浴衣とタオルを手にすると、

「じゃあお言葉に甘えて、お先に」

と言うなり、場所も聞かずに部屋を飛び出した。

風呂上がりに浴衣姿になって尚二のいる部屋に戻るのは、とても面映《おもは》ゆかった。なんだかかひどく日常からかけ離れたことをしている気になってしまう。

なるべく平静を装って部屋の襖を開けたつもりだったのだが、卓袱台で週刊誌をめくっていた尚二が顔を上げたとたん、なんともいえず奇妙な表情をして基紀をぽかんと見つめてきたので、基紀もたちまち狼狽《うろた》えてしまった。

「ふ、風呂。僕は上がったから」

基紀はやっとそれだけ告げると、尚二の視線から逃れるように、部屋の隅に置いてある自分の荷物の整理を始めた。

参ったな、と尚二が小さく呟くのが聞こえたような気もしたが、何かもっと別の言葉を聞き間違えただけなのかもしれない。基紀は振り向かなかったし、尚二も基紀に話しかけてきたりはしなかった。

入れ違いに尚二が風呂に出ていったとき、ようやく基紀は肩の力を抜くことができていた。

そして一人になってから、やっとさっきの尚二が見せた表情の意味を、あれこれと考えてみる余裕が出てきたのだったが、しっくりくる答えは思いつけなかった。


夕食をすませてから少しの間は、明日のルートの確認や、出発時間などの話をした。

不思議なほど尚二は基紀が歩こうとしていたルートに詳しく、どの道が迷いやすいとか、景色を眺めるのに相応《ふさわ》しいポイントはどこだとか、また、どんなものが観られるのか、などといったことまで細かく教えてくれた。

　この場所が本当に自分たちの地元の、馴染み深い場所だというのならばまだ理解の範疇《はんちゅう》かもしれなかったが、ここは単に、県内近郊にいくつもある山歩きにちょうどいい場所、という程度の意味しかないはずだった。もしかしてこの辺りに親戚の家でもあるのかと聞いてみたが、尚二はあっさりと否定した。

　基紀にとって尚二はまだまだよくわからない男だったが、今日一日で、もっともっと好きになってしまったことだけは確かだった。

　長い脚で苦もなく山道を歩く姿も、基紀と繋いだ大きな手も、頼りがいのありそうな広い胸板や頑丈な背中も、なにもかもが基紀の気持ちを揺さぶった。

　今こうして明かりを消した部屋の中で、ほとんど隙間もないほどにぴったり寄せて敷かれた布団に横たわり、尚二の静かな寝息を耳にしていると、基紀はどんどん気持ちが高ぶってきて、とてもおとなしく寝ていられる状況ではなくなる。

　平気で眠っていられる尚二が羨《うらや》ましかった。

　基紀は今夜自分が眠れるはずがないことを早くから覚悟していた。

　すぐ横に、好きな男が寝ている。そう思うと、基紀は自分の細い指を、そっと股間に忍ばせてしまっていた。

　罪の意識に駆られながら、着慣れない浴衣の上から熱の集まってしまっている部分に触れると、下着も何もつけていないそこが、半分勃って硬くなりかけているのがわかる。

どうしよう、と基紀は小さく喉を鳴らし、唾を飲み込んだ。

そっと横の尚二を窺うが、規則的な寝息をたてているだけで、目を覚ましそうな気配はない。

基紀が脚の付け根の膨《ふく》らみを直に触ろうと浴衣の裾に手を入れかけたとき、突然尚二が一際大きく息を吸い込む音をさせ、ついでに寝返りを打ち、基紀の方を向く形で横寝の状態になってしまった。しかも胸のあたりまで毛布をはね除けてしまっている。

基紀は起き上がって布団の上に座り、胸元と裾を軽く直すと、しばらく尚二の寝顔を見守った。暗くても、目が慣れているので、はっきりと鼻や口や目がわかる。

寝ていても尚二はかっこよかった。基紀の贔屓目《ひいきめ》かもしれないが、精悍《せいかん》で男らしくて、いい顔つきをしていると思うのだ。

しばらくずっとそうして見ているうちに、このままでは冷えてしまいそうな肩や腕が気になってきた。

静かに膝で寄るようにして尚二のすぐ横に近づくと、毛布を彼の肩まで引き上げてやる。その拍子に尚二がまた体の向きを変えて、元通り仰向けになったのには基紀もギクリとしたのだが、目を覚ましたわけではないようだったのでホッとする。

しっかりと閉じられた瞼、高く尖った鼻梁《びりょう》、厚みのある唇。

基紀は込み上げてくるものを抑えきれなくなり、恐る恐る自分の顔を尚二に近づけていく。尚二が不審な気配を感じて突然目を開いたりしたらどうしよう、という気持ちと、眠っている今しか彼に触れる機会はない、という切迫した思いが、基紀の頭の中をぐちゃぐちゃにしている。眠っている相手に触るのは卑怯《ひきょう》な気もしたが、この場合は理性よりも情動の方が遙かに勝ってしまっていたようだ。

目を開いたままゆっくりと唇の位置を合わせて、基紀の唇が尚二の唇に触れる瞬間、基紀は自然と瞼を閉じていた。

尚二の唇は、基紀が想像したのよりずっと柔らかくて弾力があり、温かかった。

実際に唇を合わせていたのは数秒だったと思う。

そして、瞳を閉じたまま唇を離し、顔を上げて尚二から離れようとしたとたん、突然腕を摑まれて、基紀は心臓が縮み上がるほど驚いた。驚きすぎて、咄嗟には悲鳴も出せない。

枕に頭をのせたまま、尚二がぱっちりと目を開いている。キスのせいで目が覚めてしまったなどという感じではなかった。最初から眠ったふりをしているだけだったのだ。悟ったとたんに基紀は羞恥で真っ赤になってしまった。

「つれないやつだな」

尚二はからかうような目で基紀を見上げ、強い力で基紀の腕を引く。

基紀は尚二の体の上に倒れ込みそうな感じで、大きく姿勢を崩していた。

「離せ！　ばか、離せよ！」

どうやってこの場を切り抜ければいいのか、基紀にはさっぱりわからず、悪態をついて尚二から逃れようとするのが精一杯だった。だが尚二と基紀とでは体格に差がありすぎて、基紀は単に往生際《おうじょうぎわ》も悪く、悪足掻《わるあが》きしているに過ぎない。

「嘘つき！　寝たふりなんかして、人を騙して！」

基紀は途中から悔しさと恥ずかしさ、取り返しのつかないことをしたという後悔に、たまらなくなって泣き出していた。

それに対する尚二は、落ち着いていて、とても余裕があった。

「基紀、基紀」

いつの間にかふとんから起き上がっていた尚二は、基紀の細い体を自分の両腕の中に抱きしめると、宥《なだ》めるように何度も名前を呼んだ。

「あんたが素直じゃないからだろ」

「勝手なことを！」

基紀は尚二を詰《なじ》りながらも、彼の胸板に縋《すが》りつくのは止められなかった。顔を上げる勇気がないせいもあるが、もうなんでもいいからそうしていたい、という気持ちの方が大きい。

「僕がこんなやつだと知っていて、同じ部屋で寝ようなんて意地悪なことを考えたんだろう。きみはきっと、こうして僕が変なことをするのを待っていたんだ。僕の弱みの一つも握っていれば、何か気がすむことでもあったんだろう！」

「俺がそんな低次元なことを考える男だと本気で思っているのか？」

さすがに尚二も基紀の言い方に憮然としているようだった。

「わからない、そんなこと」

「わからないんなら、わかるまで俺と付き合えばいい」

尚二の言葉の意味がよく呑み込めず、基紀は半信半疑のまま顔を上げていた。

「俺はいいよ」

尚二が基紀を正面から見つめてそう言う。

基紀はまだ当惑したままだった。

「付き合おう、基紀。あんたが諦めようとしているのが果たして俺のことなのかどうかは知らないけど、少なくとも今の俺がフリーで、あんたと付き合ってもいいと思っていることだけは確かだ。だからあんたさえいいなら、俺たち付き合おうぜ」

基紀には、にわかには信じられないような展開だった。

否という返事は考えられないのだが、ここですんなりと頷いていいものなのかもわからずに、ただぼんやり尚二を見つめてしまう。

尚二はそんな基紀をもう一度腕の中に抱き竦め、今度は彼の方からキスしてくる。さっき基紀がしたのとはまるで違う、深くて濃いキスだった。

「あ……っ」

唇を吸われているだけで陶然《とうぜん》としていると、尚二の舌が基紀の緩んだ唇の隙間から口の中に入り込んでくる。未経験の基紀はびっくりしてしまい、小さな悲鳴をあげて、尚二の肩を押し戻して体を遠ざけようとした。

「慣れてないの？」

尚二が一旦唇を離し、困ったように聞いてくる。

基紀は涙目で恥ずかしそうに頷いた。

「俺のこと、好き？」

「……困ってしまうけど、とても好きみたい」

「あんまり可愛い返事をするなよ」

尚二は本気で基紀のことが愛しくて仕方がないらしく、顔中をくしゃくしゃにして笑った。

それから、もう一度キスをする。

今度は基紀も怯《ひる》まずに尚二の舌が自分の中に入り込み、いろいろな部分を舐めるのを受け入れた。舌を搦《から》め捕《と》られて吸われたときにも、夢中で尚二のするに任せていた。

こんなに淫靡《いんび》で強烈な感覚は初めてのことで、基紀は翻弄《ほんろう》されているしかない。

だんだん体が熱く火照《ほて》ってきて、股間が硬くなってきてしまう。

いつの間にか尚二の唇は、基紀の唇から離れ、顎や項《うなじ》、耳朶などに的を変えて移動している。

それと同時に、片手で浴衣の衿《えり》をくつろげられていた。

基紀は胸に入り込もうとしていた尚二の腕を、手首を取って押さえると、狼狽した声を出す。

「あ、安野、……」

「尚二、の方がいいな」

尚二はひとまずはそんなふうに冗談っぽくかわしたものの、基紀の頬に優しくキスすると、

「抱きたいんだけど、まだそういうのは嫌？」

と、神妙な顔つきになって確かめてくる。

「嫌じゃない、けど」

基紀は恥ずかしさのあまり顔を隠してしまいたくなる。これまでも何度となく夢の中で尚二に抱かれることを想像してきたものだが、いざ現実に抱かれるとなると、どんな顔をしていればいいのかわからない。

ひどくしないから、と尚二に囁かれて、基紀は少しずつ体の力を抜いていく。

尚二の手で浴衣を脱がされ、全裸にされたときも、目を閉じたままで羞恥をやり過ごした。

それでも、互いに裸になって尚二の布団の中でしっかりと抱き合ったときには、基紀はもうなにをされてもいいという気分になっていた。

もう一度キスから始まって、尚二の唇が胸や脇腹にも下りていく。

「あっ、あっ……」

他人の指や舌で体をまさぐられるのは初めてで、基紀はいちいち敏感に反応する。尚二はそれがとても楽しくて嬉しいらしく、あちこちに寄り道して、一つでも多く基紀のいいところを探そうとしていた。

尚二の指が基紀の足の間で勃ち上がっているものに触れたとき、基紀はすでにはしたなく先端を濡らしてしまっていた。それを指で撫で回され、硬く張り詰めた竿の部分を上下に擦られると、たったそれだけで達してしまいそうになる。

「あああ、やめて、そんなにしたら……!」

基紀が両腕で顔を覆い隠して切羽詰まった声を出すと、尚二は指の動きを緩めて、根本を指の輪で押さえたまま、舌先で濡れそぼった小さな穴を弄り始めた。基紀にはたまらない責めだった。

「いやっ、いや、あっ、あああ」

今自分たちが居る場所がどこなのかを思い出し、声を殺そうと努力しても、尚二はさらに基紀が乱れてしまうような行為をする。基紀は枕の端を噛みながらずっと泣き続けていた。全体を熱い口の中に含まれて舐め回されたり吸い上げられたり、指の輪で上下に扱《しご》かれたり、そして時には蜜を作る袋まで弄られる。

「ああっ、もう、だめ!」

基紀は激しく胴震いし、それだけ叫ぶと、まだ尚二の口に含み込まれたままだということも忘れて、放ってしまっていた。頭の中がスパークして焼き切れたような感覚である。今まで何度も自分の手で慰めてきた経験はあるが、そんなものは、好きでたまらない男の手でいかされるのとは比べものにならない貧弱な達成感なのだということを、あらためて体に教え込まれたようなものだった。

「基紀、基紀」

尚二が俯せになって肩を上下させて喘いでいる基紀に、優しいキスを降らせる。

「可愛いよ、基紀」

しっとりと汗ばんでいる裸の肩や背筋、脇にと、尚二は唇を落としては基紀を宥めていく。尚二が過去にどれだけの女性経験があるのか基紀は知らないが、ベッドの中の尚二はとても同じ高校生とは思えないほど慣れて見える。

尚二の唇は背筋をずっと下に辿って下りていき、とうとう尾《び》てい骨にまで達している。

基紀は尚二に両手で尻を開かれ、今更ながら焦ってしまう。

「あ、待って。待ってくれ、尚二」

「ここは嫌？」

尚二の指がぐるりと入口の襞《ひだ》を撫でる。

基紀は悲鳴を噛みながら、慌てて腰を捻《ひね》って避けようとするのだが、尚二の押さえ込む力の方が強くて叶わない。

「嫌、じゃないけど、でも」

「基紀があんまり可愛いから、俺も欲しくなった」

尚二はそう言うと、そこにも顔を寄せてキスをする。

大胆な行為に、基紀の全身から力が抜けてしまう。まさかそんなふうにされるとは思ってもみなかった。

「してもいいか？　優しくするから」

「過去にも、男としたことがある……？」

「ないけど」

尚二がちょっとだけ躊躇う。

「でも、たぶん、なんとかなると思うんだ」

尚二は自分がいかに昂っていて基紀を欲しがっているのかをわからせるかのように、基紀の手を自分の股間に導く。基紀はその熱と硬さとを確かめさせられて、息を呑んだ。尚二がこんなに昂奮《こうふん》しているのが自分のせいなのかと思うと、嬉しくもあり、怖くもある。いくらなんでもこんな状態のものが、まったく未経験の自分に呑み込めるとは思えない。

「僕も口でしようか。そしたらきみも少しは気持ちよくなれるかも」

「それもいいけど」

でもやはり基紀の中に入りたい、と尚二は欲情を湛《たた》えた目で基紀を見る。

「一つになりたいんだ」

そう言われると、基紀にももう断ることはできなかった。尚二と一つになって溶け合いたいのは、基紀の望みでもある。誰にでも最初はあるのだから、それが今夜いきなりでも、たいした問題ではないだろう。

尚二が自分のリュックから軟膏薬を取ってくる。

基紀は尚二の言うままに、俯せの状態で膝を立てて腰を上げると、あとはもう恥ずかしさのあまり枕から顔を上げられなくなった。

たっぷりと軟膏を掬《すく》い取った指が、基紀の窄《すぼ》まりきった部分に塗り込められる。ひんやりと冷たくて、基紀はぞくぞくと背中を震わせた。腰も揺らぎそうになる。尚二の指が遠慮がちに襞の中に埋められたときには、小さな悲鳴をいくつもあげた。奇妙な閉塞感と、外部から異物が入り込む未知の感覚に、まだ気持ちがついていかない。

最初の指が根本まで入り込むと、尚二はしばらく中で動かして慣らし、一度抜き取ってから今度は二本の指に軟膏を塗って、ゆっくりと慎重にもう一度入り込んでくる。

「ああ、んっ……う、ああっ」

「痛いか？」

基紀は首を振って否定した。痛くはなかった。だが、怖いという気持ちと、腸壁を擦られる刺激で、どうしても喘ぎ声が出てしまう。一度出してしまって満足していたはずの基紀の前は、この刺激のためにまた張り詰めてきていた。

二本の指が入ると、基紀は大きく息を吐き出して安堵した。尚二を受け入れるにはこれでもまだ拡張が足りないのはわかっているが、基紀にはこれが限界のように思われる。

基紀が全身の力を抜いたのを見定めると、尚二は狭い筒の中で指を動かし始めた。大きく円を描いたり、腸壁を押して回って泣き所を探ろうとしたり、最初はゆっくりとだったが慣れてくるとかなり性急なピストン運動もする。

「あああ、あっ、あっ、いやっ」

「ここ、いい？」

「あーっ、あああっ」

「基紀。前がまたべとべとになってるぜ」

尚二はいやらしい言葉をわざとのように基紀の耳元で囁き、基紀を煽《あお》り立てる。

体の内側からものすごく前を刺激する部分を集中的に責められて、次第に基紀は何がなんだかわからなくなるほど乱れてきていた。途中からはシーツを噛んでいたので、くぐもった悲鳴しか

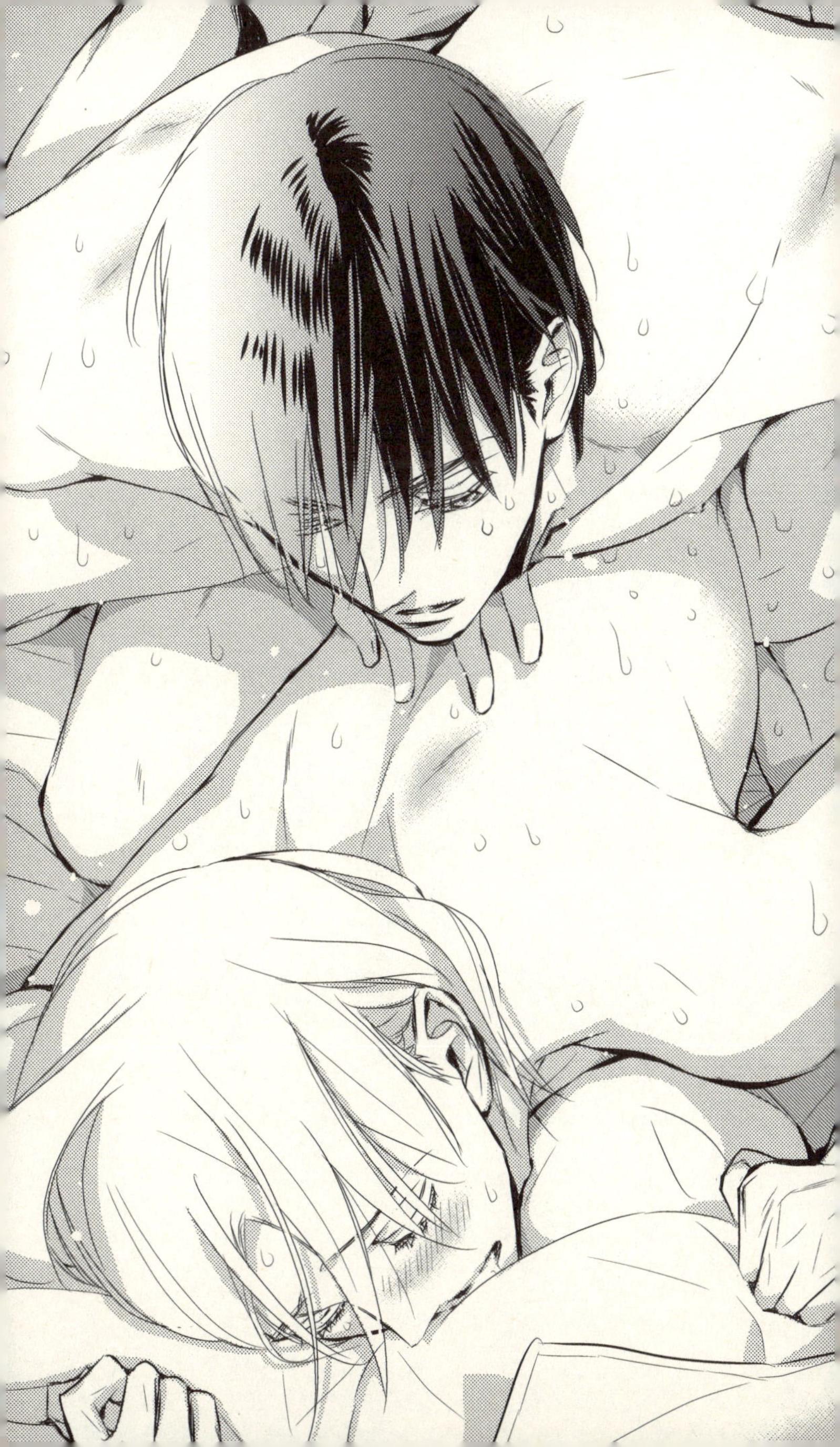

出なかったのだが、後ろと前を同時に弄られて、いいとか嫌とか泣きながら、めちゃくちゃに感じて二度目を極めてしまっていた。

尚二の硬い怒張が指の代わりに挿入されたのはその直後だった。

指とは比べものにならないほど大きくて熱く、奥深くまで突き上げられる。

「ううっ、あっ、あ」

胃がせり上がりそうな心地がしたが、それでも基紀は必死に受けとめて、尚二を貪欲に引き絞っていた。

尚二にならば壊されてもいいという強烈な感動が、苦痛や恐怖に勝っている。

「辛い?」

基紀は夢中で首を振って否定する。

背筋を尚二の唇が丁寧に辿っていく。

余すところなくキスされながら、奥深く受け入れた硬く撓《しな》る竿で内部を蹂躙《じゅうりん》され、基紀は初めてにもかかわらず快感を覚えて、はしたなく乱れた。

「好き。好き、尚二」

背後から受け入れているので、尚二に縋りつけないのが心許なかったが、基紀は枕に顔を埋めて泣きながらそう繰り返していた。

もしかして明日は予定通りに歩けなくなっているかもしれないという予感が一瞬だけ脳裏を掠める。

しかし基紀はこの一体感を手放す気にはなれなかった。

明日この桐葉からバスに乗って帰ることになっても、たぶん、充分に満足できるだろうと思うのだった。

信じられない結果になりました、と【トモ】は【ヤスジ】にメールをくれた。

尚二はそれを読みながら、嬉しさと楽しさでいっぱいになってしまい、本当のことを秘密にしている後ろめたさを帳消しにしてしまうほどだった。

あの山歩きの夜、お世話になった農家民宿で夜中抱き合っていた二人は、結局そのまま桐葉の町と近隣のY市とを結ぶ路線バスに乗って、Y市経由で帰ってくることになった。尚二はともかく、基紀がとても残りの行程を歩ける状態ではなかったからだ。

基紀は朝方なかなか布団から出てこようとせず、尚二を心配させたが、無理やり顔を出させるとかわいそうなくらい真っ赤になっていて、ばかとか離せとか向こうに行けなどと懸命な悪態をつかれた。尚二は基紀が可愛くて愛しくて困ってしまうほどだった。これが自分の部屋や、周囲に誰もいない山奥で野宿していたところなら、迷わずその場でまた押し倒していたに違いない。羞恥のあまりだろうが、余計なことばかり言う基紀の唇を、尚二が無理やりに塞いでしまったとたん、農家の子供たち二人がバタバタと階段を上がってきて「起きろ～」と喚きたてに来たから、慌てて体を離したような始末だった。

基紀は帰りのバスの中でも終始無口だったが、修学旅行に使うような二人掛けのイスばかりが並んでいるがらがらに空いた車中で、尚二がそっと基紀の手を握ると、基紀の方も知らん顔をしていながら、その手を握り返してくれた。車窓を流れていく田舎の風景と基紀の綺麗な横顔が、尚二の記憶に鮮明に甦る。昨夜は本当にこの男を抱いてしまったのかな、と不思議に思われるくらい、昼間の明るさの中で見る基紀は清廉《せいれん》で取り澄ました顔をしていた。淫らなことを口走って夜中泣いていたのが現実だったのかどうか、もう一度抱いて確かめたくてたまらない気分だった。

バスセンターで別れるのは名残惜しかったのだが、基紀はどうしてもここから先は一人で帰ると言い張ってきかなかった。それで尚二も基紀を家まで送っていくことを諦めたのだが、一人で家に帰る間中、ずっと基紀がメールチェックしたときのことを考えていた。

実は尚二は、土曜の朝に山歩きに出掛ける直前、基紀にメールを送っていた。

【ヤスジ】から【トモ】への、およそ三週間ぶりのメールである。

尚二はその中で、パソコンが突然故障してしまい、修理に今までかかってしまったこと、その間なんの連絡もできずに気になっていたのだが、【トモ】がこれほど傷ついている時期に何もしてやれずに本当に後悔していること、失恋記念のハイキングは楽なコースとは言えないので充分に注意して歩いてきて欲しいこと、そしてまた【トモ】からのメールを待っていること、などを、心を込めて長々と書いていた。

基紀がこれを出掛ける直前に読んでもいいと思っていたのだが、予想通り、慌ただしく出掛けてきたのであろう朝方にはまだチェックしていなかったようだった。日曜日、尚二と別れた基紀はまずそのメールを読むだろうと想像すると、尚二は基紀の反応が知りたくてたまらなくなった。手まめな基紀のことだから、きっと夜には返信があるのではないかとふんでいた。

尚二の思ったとおりだった。

【トモ】というハンドルネームで届く基紀からのメールには、文面からだけでも高揚感《こうよう》が伝わってきて、彼の興奮と喜びと嬉しさ、幸せが、遠慮がちな言葉の中にも雄弁に溢れている。

尚二と偶然出逢ったことに関しては『何もかもうまくいくときにはうまくいく、奇跡みたいなこと』などと表現してある。それが一番ドラマティックな書き方をしている箇所だった。当然ながら、その日の夜に二人でしてしまった行為のことには何も触れていない。単に、自分が未熟なせいで道に迷ってしまい、予定外の宿泊をしてしまった、とあるだけだ。

尚二は何回もそのメールを読み返して悦《えつ》に入りながら、さっそくまた返信した。恋の成就《じょうじゅ》を祝う言葉と、これからもよいメール友達でいてくださいという内容だった。

月曜日に基紀が教室に入ってきたのは、始業時間ギリギリというきわどい時刻だった。もちろんこんなことは今まであったこともなく、尚二は何人ものクラスメートたちから、今日も片岡は休みなのか、と聞かれたくらいだった。田中美和の後ろに隠れるようにしてくっついてきていた引っ込み思案の女の子など、真顔で心配している様子だった。お祖父さんが亡くなったことがものすごくショックだったのだとでも思っているらしい。そうこうしていたら、基紀がいつもと変わらない落ち着き払った無表情で入ってきたのだ。

尚二には基紀の気持ちが手に取るようにわかるだけに、無理をしている彼に吹き出してしまいそうになる。

休み時間になって基紀の席に行くと、基紀は尚二にだけわかる、微かな照れを見せた。

「あんた大丈夫か？」

尚二はあえて基紀と馴《な》れ馴《な》れしくしすぎないようにと気を遣っていた。

基紀にもそれはわかるようで、特に気を悪くしたり不安がったりする様子はなかった。

「べつに、なんともない」

基紀が低くした声で答える。

以前はカチンときていたそのそっけなさが、今の尚二には千の言葉を費《つい》やすより雄弁な気がして微笑ましくなる。気をつけて見れば基紀の耳は薄いピンクに染まってしまっているし、教科書の上にのせられている細い指も、ぴくりぴくりと落ち着きなく震えている。尚二が傍にいるだけで息苦しくなっているような感じだった。上着に隠れているズボンの下も、もしかすると硬くなりかけているのかもしれないなどと淫らな想像をかきたてられてしまうほど、尚二の目に基紀は色めいて映るのだ。

「今日の放課後は生徒会の集まりがあるのか？」

「……ああ」

「あの内田って先輩、まだ頻繁《ひんぱん》に生徒会室に出入りしてるそうじゃないか」

尚二はDクラスにいる現行生徒会長の三島《みしま》と仲がいい。その三島からさり気なく内田のことを聞き出していた。基紀にあまり近づいて欲しくない気持ちがあってのことだ。尚二は基紀にすっかり参ってしまっており、さっそく独占欲まで覚えているほどだった。

「でも、今後はもうそんなに来ないと思うけど」

基紀が何か含みを持たせた言い方をするので、尚二は顔を顰めてしまった。

「どういう意味だよ。……なんかあったのか？」

「そういうわけじゃないけど」

基紀はまた口ごもる。

これは絶対に何かあったな、と尚二にはピンとくる。

基紀は一生懸命に言葉を選んで、いろいろとそれらしいことを言い募りだした。

「内田さんは学内進学組でもう大学入学が決まっている人だから余裕があるんだよ。それで現行生徒会がうまく波に乗れるまでアドバイスをしに来てくれていただけだから。今はもう三島がちゃんと自分で舵取《かじと》りしているし、内田さんもそろそろ引き際だと感じていると思うよ」

「ふうん」

「……きみ、なにか変な勘違いをしていないか？」

とうとう基紀がそう聞き返してくる。

尚二はこの場は笑って「いいや、べつに」と答えた。

「それよりも、今度はいつ会える？」

尚二が肝心な約束を取り付けようとすると、基紀は躊躇いながらちらちらと周囲に視線を泳がせ、誰も自分たちに注目していないことを確かめる。二人がクラス委員をするようになって以来、こうして話している光景は、すでに教室内でも馴染みの風景になっているようだった。

「明日、かな」

「明日ね。わかった。俺もちょうど火曜日がいいと思っていたんだ。楽しみにしているよ」

次に会うときには基紀の部屋で、という約束ができている。尚二の家には常に専業主婦の母がいる。部屋で会うなら断然基紀のところに行く方が、互いに気兼ねしなくていいからだ。

尚二は基紀の傍を離れがたかったのだが、次の授業が始まるチャイムが鳴って、仕方なく自分の席に戻っていく。

内田のことは心の片隅に引っ掛かったままなのだが、要は基紀が尚二のことを一番好きだと感じてくれていればそれで問題はない。二人の関係をおおっぴらにしてしまうのも考えものだから、いずれ基紀自身が内田にはっきりと恋人がいるということを伝えてくれたらいいと思うだけで、それ以上突っ込むのは控えることにした。


基紀の部屋はさすがに一人っ子らしく、二間続きを改造して一部屋にしたような広さを持っている。二階のほとんどのスペースを一人で使っているようだった。

尚二は部屋に入って二人きりになるや、情動に任せて基紀の細い体を抱きしめていた。

「尚二」

基紀があまりの腕の強さに身動ぎする。

「……苦しい。そんなに抱くと、苦しいじゃないか」

「このくらい我慢しろよ」

尚二は勝手なことを言って基紀の柔らかな唇を塞いでしまった。

「あっ、あ」

「あんたが可愛すぎるのが悪いんだ」

執拗《しつよう》に唇を合わせて貪りながら、尚二は基紀のシャツを開き、滑らかな胸板や剝《む》き出しの肩に手のひらを滑らせて堪能する。そのたびに基紀は敏感な反応を返し、ますます尚二を煽った。

「んん……っ、う」

「学校で基紀を見ている間中こうしたかったんだ。わかるか、これ」

尚二が腰を基紀にぴったりとくっつけ、重苦しい存在を教えるように擦りつけると、初《うぶ》な基紀はたちまち顔を赤くして俯いてしまう。基紀自身も少し大きくなっているようなのが、布地越しにでもわかる。

「責任取れよ。もちろん基紀のことも俺がちゃんと責任を取るからさ」

「ばか！」

「本当はあんただって早くこの窮屈《きゅうくつ》な制服を脱ぎたくてたまらなかったくせに」

言葉で煽ると基紀はもっと昂奮してくる。

衣服を剝ぎ取って壁際に置いてあるセミダブルのベッドに押し倒すと、さして抵抗もせずに脚を開いた。

「俺とこんなことするの、好き？」

「聞くなよ、そんなことっ！」

「好きなんだな」

尚二はわざと基紀を苛めてしまう。基紀はこんな時ばかりは普段と違い、あまりにも素直に反応してくれるので、からかい甲斐があって楽しくて仕方がない。

今度は仰向けにして脚を掲げさせた格好にし、入口を準備してきた専用のローションを使って解してやると、前以上に感じて艶やかな喘ぎ声を出しながらすすり泣いていた。胸の突起も少し弄ると簡単に膨らんでせり出し、さらにそこをねっとりと舌で舐めてやると、やめてと口では嫌がりながらも続けて欲しそうにしている。

「淫らだな」

「あああ」

「いいよ。俺もそういうのが結構好きだしね」

基紀は自分だけが恥ずかしいことをされるのがたまらないらしく、尚二のものに自分からも手を伸ばしてきた。尚二は大胆な基紀に驚いたものの、どんなふうにしてくれるのかが楽しみで、彼の好きなようにさせることにする。

最初は手に握り込んで上下に扱いていたものを、少しして先走りの雫《しずく》がたまりだすと、自分がされたように尚二の先端にも唇と舌を使い始める。気持ちがよくて、尚二も何度も呻《うめ》いた。尚二の声がまた基紀を喜ばせるようで、次第に基紀は竿全体を喉の奥まで迎えて舌を使ったり、口全体で吸引したりまでしてくれ、もう少しで尚二はそのまま基紀の口に出してしまうところだった。

「いいよ。もう。基紀」

尚二は宥めるように基紀の顔を上げさせると、正常位で抱きしめて、抱え上げさせた腰の奥の、すっかり解れて濡れそぼっている蕾《つぼみ》に、自分のものを押し込んだ。

「ああぁ、あっ、あ」

基紀の唇から抑えることができないような嬌声《きょうせい》が漏れた。決して苦痛だけではないようで、基紀の頬は紅潮して火照っている。

「慣れるの早かったな。俺はすごく嬉しいけど、無理してないか？」

してない、と基紀は夢中で首を振る。

可愛かった。適当に淫らなところが尚二の男を刺激してたまらない。基紀の洩らす喘ぎ声は色めいていて、男を抱いているのだという特殊な感じはほとんどない。

尚二は女の子を相手にするときのように自在に腰を使って基紀を責め立て、前の高ぶりや尖りきっている胸も指で弄り回してやった。

基紀がむせび泣くような声を出して全身を淡い桃色に染めている。それがあまりに綺麗で尚二は見とれていた。

基紀を先にいかせてやって、それから尚二も基紀の腹の上に飛沫を飛ばして達する。

ぐったりと体を弛緩《しかん》させた基紀の白い肌に自分の白濁とした精液が飛んでいる様は、なんともいえず淫靡だった。

尚二は汗ばんだ基紀の肌にそれを伸ばしてなすりつけ、所有の証《あかし》にしながら、喘ぐ唇や額、頬に軽くキスして回る。

「基紀。基紀」

「……尚二」

基紀が力の抜けた腕を伸ばしてきて、尚二の肩から背に回す。

今度は体をくっつけてしっかりと抱き合い、深くて濃密なキスを貪り合った。

「僕があんまり……その、こういうことが好きだから、呆れる？」

「俺はあんたが今そういうことを俺に聞く方に呆れるよ」

尚二はばかみたいな質問をする基紀をそうして笑っておきながら、たった今気がついたかのように部屋の一方の壁際にあるパソコンに視線を流した。

「あれがあんたのマシンか。その後、そのメール友達からは何か音信があったか？」

「うん。あったんだ、それが」

基紀が気怠そうにではあったが、やはり嬉しさの滲《にじ》む声で答えた。

尚二はまた微かな罪悪感を覚えながらも、「それで？」などと聞いているのだった。


【ヤスジ】のことを基紀に打ち明けるならば、早いに越したことはないのは尚二にもわかっている。それなのになかなか決心がつかなかったのは、普段は言葉が少なくて今ひとつわかりにくい基紀が、【ヤスジ】に宛てたメールを通してだけは雄弁で素直になるからだ。尚二にはそれが悔しくもあり、また【ヤスジ】として受け取るときの優越感になったりする。どちらも同じ自分だというのに、なかなか複雑な関係になってしまっているのである。

尚二は日を追うにつれて基紀のことが好きになっていっていた。

誰にも渡したくないと思えば思うほど、彼の心をちゃんと摑んでいたいと願うようになり、ひいては彼の語られることのない本音を知っておきたくなる。

そのためにはどうしても、電脳空間にだけ存在して、基紀からの素直な気持ちに溢れたメールを受け取ることができる【ヤスジ】という自分を消してしまう決心がつかなかったのだ。

騙している罪悪感は常にあったが、基紀の不意を衝いて先回りした行動を取り、いい意味で驚かせてやったり、なかなか言葉ではどんなことが好きとか、何がしたいとか、今が幸せなのかといったことを言わせられなくても安心できたりすることの方が、尚二にはいつの間にかより大切なことになっていた。

そろそろ柿添亜矢と別れたことが学校内で噂になってきていたが、基紀と付き合っていることは誰にも感づかれずにすんでいる。お陰でその後また二人ほどから告白されたのだが、いずれもきっちりと断っていた。

基紀は尚二に面と向かっては何も聞いてこないのだが、それなりに噂はいろいろと耳にするらしく、【ヤスジ】へのメールにだけは、彼がもてるタイプなので常に不安だ、という意味のことを書き送ったりしてくる。そのたびに尚二は遠回しに、俺は今おまえ以外眼中にない、と伝えて基紀に余計な心配を与えないようにしていた。

そんなことを続けているうちに、バレさえしなければ、尚二が【ヤスジ】との一人二役をしていても、あまり問題はないような気にさえなってきていたのも事実だった。

一番困ったのは、基紀から、メールアドレスを教えて欲しいと言われたときだった。

「なんで？」

内心の動揺を隠して聞き返すと、基紀は遠慮がちに、嫌ならべつにいいけど、と前置きする。

「次の約束を決めるのにメールでって連絡手段もあるかなと思っただけだから」

基紀は電話で喋るのも苦手なのだ。

それは尚二も知っていたから、なるほどそういうことか、と納得した。

本当は次の約束などは学校内で「今日は？」「都合が悪いから、明日の方がいい」といった簡単な遣り取りですむのだが、尚二の方が基紀ともっと話をしたがって頻繁に家に電話をかけるので、基紀もそれならまだメールの方が素直にいろいろなことが話せる、と考えたらしい。

「俺はキーを打つのが遅くてさ、パソコンを持っていても、今のところはもっぱらインターネットでホームページを見て回るだけにしか活用していないんだよ」

尚二は仕方なくそう言ってごまかすしかない。

ここでメールアドレスを教えてしまえば、あっけなく基紀に尚二が【ヤスジ】だということがわかってしまう。たとえば無料で新規のメールアドレスを提供してくれるようなプロバイダーもあるにはあるのだが、そこまでする必要があるとも思わなかった。

「ならいいよ」

基紀はあっさりと話を切り上げようとする。

尚二は基紀の変に物わかりのいい態度が嫌になるときがある。もっとわがままを言って困らせてくれてもいいのに、と勝手なことを思うのだ。

今度もそうだった。

「俺とメール交換したい？　毎日会っているのに？」

尚二が切り返すと、基紀は簡単に赤くなった。

「……べつに……そういうわけでも」

尚二は基紀が可愛くてたまらなくなり、さっきまで裸で抱き合っていてやっと服を身につけたばかりだというのに、また基紀のセーターの裾から手を入れて胸の粒を摘《つま》んでしまう。

「んっ、あ、いやだ」

嫌と言いながら、基紀はたいして抗《あらが》わない。

「基紀がどうしてもしたいんなら、俺も不慣れなキーボード操作を克服して、なんとかメールくらい打てるようになってもいいぜ」

「簡単だよ……覚えてしまうと」

尚二は基紀のセーターをたくし上げ、すっかり尖りきっている胸に嚙みついて吸い上げた。基紀が切羽詰まったような声をあげて仰《の》け反《ぞ》る。

相変わらず艶のあるいい声だった。

「抱かれたらどんな気持ちがしたとか、どこが気持ちよかったとかも、メールでなら教えてくれるか？」

「そんなことのために頼んだんじゃないよ……あう、あっ！」

「つれないなぁ」

「尚二、おねがい、もう……やめて」

「あんたが悪いんだぜ。そんな色っぽくしてるから」

胸から唇と指を離して抱きしめつつ、尚二は基紀に優しく囁く。

「今度あんた宛にメールを打ってやるよ。アドレスを教えろ」

尚二は基紀に睨まれながらも懲《こ》りない。

メールアドレスを二つ持つような面倒なことをしてもいいと譲《じょう》歩《ほ》できるくらい、基紀のことが好きになってしまっているのだった。

【ヤスジ】のくれたメールと、尚二が初めて送ってくれたメールを画面に並べて見つめながら、基紀は溜息をついていた。

なんとなく、奇妙な偶然が重なりすぎる。

基紀は尚二のメールを画面から消し、【ヤスジ】からのメールだけにした。

二つのメールに共通点があるというわけでもないのだが、基紀にはどうしても引っ掛かることがあった。それは、尚二があまりにも基紀のことについて知っていることが多いということだ。

最初は基紀の勘違いで、教えていたのを自分で忘れているだけなのか、と思ってみたりもしたのだが、それが幾度も重なると、疑問を感じないではいられなくなる。

本当は尚二にメールのことを切り出したのも、少しはそのことが影響していた。確かに基紀は相手が尚二になった途端口ごもりがちになり、面と向かったり電話で直接だったりすると言葉を選んでしまって、したくてもスムーズな会話ができにくくなってしまう。もういい加減両想いなのだからそこまで緊張しなくてもいいはずなのに、なかなか以前からの癖が抜けないのだ。だからメールで、という気持ちも確かにあったのだが、それよりも、尚二のメールアドレスを知りたかったことの方に重点があった。

【ヤスジ】という、実際には会ったことも口をきいたこともないこの人物は、実は尚二なのではないか。

まだ半信半疑ではあったが、基紀がそう疑いだしたのは、ささいな会話が発端《ほったん》だった。

尚二自身は思わず口を滑らせたことを意識していないに違いないのだが、この前のハイキングのことを思い出して話しているとき、尚二が、『俺もちょうど一年ぶりに歩いてみて懐かしかった。去年はミカンが鈴なりのときに行ったからもっと楽しめた』と確かに言ったのだ。

会話しているときには基紀もそのまま聞き流していたのだが、家に帰って【ヤスジ】のサイトを眺めているうちに、あれ、と思った。

尚二が経験したことと【ヤスジ】のレポートは、とても似ている気がしたのだ。

それからはなにかにつけて尚二の言葉に注意するようになったのだが、「そうかもしれない」点はいくつも挙げられるのだが、「そうに違いない」と確信を持つまでには至らない。

確かな根拠など何もないはずなのに、基紀にはいつまでもその疑惑が捨てきれず、このところ悩むようになっていた。

もしも二人が同一人物なら、これはどういう意味になるのだろうか。

基紀は考え始めると思考が悪い方悪い方にばかり堂々巡りを繰り返し、どうしても絶望的な答えしか出せなくなる。もしかして自分は尚二にいいようにからかわれ、弄《もてあそ》ばれているだけなのかもしれない、と考えるとそれが真実のように思えてきてたまらなくなるのだ。

尚二は、本当は基紀のことなど好きでもなんでもないのではないだろうか。今でもやはり、不愉快で気に入らない男だと思っているのではないか。甘いセリフを囁いて抱いてくれる一方では、男に抱かれてはしたなく乱れる基紀のことを心中で笑いものにしているのかもしれない。体だけを捌《は》け口にされているのかも、と邪推《じゃすい》したりさえもする。基紀にはこのマイナス思考を振り捨ててしまえるだけの自信がなかった。

不安なら、はっきりと尚二に問い質《ただ》してみればいいし、【ヤスジ】に相談を装ってメールで聞いてみることもできる。

基紀にはまだどちらをする勇気もなかった。

何も知らないふりをしていれば、基紀にとって今の状態は過ぎるほど幸せなのだ。それをみすみす自分の手で崩したくはない。

黙っていればそのうちに尚二の方から、もしくは【ヤスジ】としての立場から、基紀に本当のことを教えてくれるかもしれない。それ以前に、そもそも最初から基紀がまったく誤解しているだけだと、そのうちにわかるのかもしれないのだ。

今はまだ、自分でも事実を知りたいのか知りたくないのか定かでなく、どうしていいのか決めかねているので、とりあえず最近のメールに尚二とのことを書くことだけをやめていた。

【ヤスジ】はそのことを不思議に思っているようで、いつも最後の方に、『ところでその後トモちゃんの彼氏はどうしていますか?』などと振ってくる。基紀はそれを無視して、もう三回もメールを送ったことになる。

尚二がくれた方のメールは、確かに文面も短くて、不慣れな印象を受けるものには違いなかったが、慣れている人が不慣れなふりをするのは、そんなに難しいことではない気もする。尚二は『今度の日曜日、親が旅行で不在らしい。うちに来るか?』と書いてきていた。

尚二の部屋に上がるのは初めてだ。

基紀は唇を噛んでしばらくじっと考える。

部屋に行けばパソコンを触るチャンスがあるかもしれない。間違ったふりをしてメールソフトを立ち上げて、受信簿を見るだけでいい。それだけでも疑問は解けるかもしれないのだ。

はっきりさせたい気持ちとこのままでもいいという気持ちが基紀を長い時間考え込ませていたのだが、結局基紀はこのすっきりしない状態から一歩進むことを選んだ。

もう一度尚二からのメールを画面に出すと、『日曜日が楽しみです』というタイトルで返信を打ち始めた。

基紀を最寄りの駅まで迎えに来てくれた尚二は、とても上機嫌だった。来るときは乗ってきたのだろう自転車を押しながら、基紀と並んで歩く。家までは徒歩だと二十分ほどかかるそうで、はじめは二人乗りしようかと言われたのだが、基紀が断ったのだ。

「歩く方が気持ちいいよ」

「まぁね。でも、もう十二月だ。さすがに風が冷たくなったな」

あと二週間もすればクリスマスになる。クリスマスというのはキリスト教信者ならずとも日本人の気分をワクワクさせる変な記念日だ。街中がバーゲンセールをしたり、多くの学生がこの日を境に冬の休暇に入ったり、勤め人はなぜか会社の付き合いでケーキを提げて帰ったりする。

基紀は横を歩く尚二の長い脚を見ながら、今ここでクリスマスの約束をしても、自分たちは大丈夫なのだろうかと考えていた。

自信がなかった。

今から自分が知ってしまうかもしれないことを想像すると、どんな約束もまだ怖くて交わすことができない。

尚二の家はずらりと住宅が並ぶ閑静な道沿いに建っている、そこそこに築年数の経過した頑丈そうな二階建てだった。

「誰もいないから、遠慮するなよ」

「お邪魔します」

「俺の部屋も二階にあるんだ」

尚二が先に立って階段を上がる。基紀もすぐ後からついていった。

基紀が来るとわかっていたから片づけたというより、もともとがそれなりに整頓されている雰囲気の部屋だった。入ってみると一番目につくのはやはりパソコンである。デスク回りもきちんと整頓されていた。すぐ横には書棚があるのだが、並べてある書籍のほとんどに書店のカバーが掛かっているため、背表紙を読むことはできない。

「何か飲むか？」

基紀はダッフルコートを脱ぐなり後ろから尚二に柔らかく抱きしめられて、首筋に唇を押しつけられた。たったそれだけでも体中に電気を流されたような感じになる。

基紀は緊張して心臓を波打たせながら、「あ、じゃあ……温かいもの」と頼んだ。

「コーヒー？　紅茶？　それとも日本茶がいいか？」

「紅茶、がいい」

「わかった。ちょっとその辺に座って待っていろよ。適当に積んである雑誌を見ていていいから」

尚二は未練がましく基紀の後ろ髪や頬にキスをすると、やっと腕を解き、部屋を出ようとしてドアに手を掛ける。

「尚二」

基紀は思い切って尚二を呼び止め、パソコンの方を指さす。

「あれ、きみのマシンだろう、立ち上げて触ってみてもいいかな？」

「パソコン？」

尚二が怪訝《けげん》そうな顔をする。いきなり基紀がそんなことを言い出すので不意を衝かれたような表情だった。

「うーん、それならお茶の後にしろよ。たぶんあんたが持っているマシンの方が高性能で使い勝手もいいと思うぜ。俺のはもう三年ほど前のやつだから」

「パソコンを始めて三年も経つんだ。長いね」

「それはもともと結婚して家を出ていった姉貴のお下がりだからね」

尚二はそう言うと下におりていく。

基紀はパソコンの前に立ち尽くしたまま逡巡《しゅんじゅん》したが、結局諦めておとなしく二人掛け用のソファに腰掛け、尚二がお茶を持って戻るのを待つことにした。いくらなんでも、許しもなしに勝手に他人のものを扱うわけにはいかない。基紀もそこまでする気はなかった。

積まれている雑誌は男性向けのファッション誌や、地方の総合情報誌、それから自然愛好家のためのグラビア中心のムックなどだった。今はどれも捲る気がせず、基紀は漫然と部屋の中を見渡していた。

目的もなく動かしていた目の端が、ふと、ベッドの下に落ちている厚めの本に気がついた。場所が場所だけに、見てはいけないプライベートだろうかという躊躇いがまず頭に浮かんだのだが、落ちていたので気になったと言い訳できると思い直して、腕を伸ばして取り出した。

それはエロ本でもなければ官能写真集でもなかった。

三千円ほどもするソフト装丁のガイド本で、ホームページ作りのための、実践テクニックを紹介している、初心者からも読めるようなものである。埃《ほこり》の被り方からも、しばらくベッドの下に忘れられていた感じがする。

お姉さんのものだろうか、と基紀は慎重に考えたが、中を捲るといくつも無愛想な付箋《ふせん》紙が貼り付けてあり、ページの中に書き込みや線引きがしてある。それを見つけた時点で、やはり尚二の本だと確信する羽目になった。尚二の字なら基紀はクラス全員が無記名で出した中からでも見分けがつく。

基紀がどきどきしながらも本を閉じたとき、階段を上がってくる足音が聞こえてきた。

慌てて本を元通りベッドの下に入れ込んで、基紀はさりげなく積み重ねてあった一番上の雑誌を膝に開いた。

ドアが開いて尚二が紅茶をのせた盆を手に入ってきたのはその直後だった。

基紀はほとんど何を話しかけられても上の空で、ずっとあの本のことを考え続けていた。

あの本が意味することは、過去に尚二が自分のホームページを作ろうと思って勉強したことがある、ということにほかならない。それ以上でも以下でもないのだが、基紀にはこれでもう【ヤスジ】が尚二だという決定的な証拠を見せられたような気分になっていた。

こういうことは一度そうかと考え始めると、なかなか違う考え方ができにくくなるものだ。

どうして尚二はこんな手の込んだことをするのだろうと思うと、基紀はひどく嫌な気持ちに襲われて、こうしてのんびりとお茶を飲んでいられるような心境ではなくなってくる。

尚二の気持ちがわからない。

今すぐに弁解するか、説明するか、とにかく納得いくようにして欲しい。

「基紀」

尚二に呼ばれて、基紀は我に返る。

尚二の顔がすぐ目と鼻の先にあって驚いてしまう。

そのままいつもの調子で尚二が基紀の顎を掬い上げ、口づけてこようとした。

基紀は、いつもはまるで平気なのに、今日ばかりはひどい嫌悪感が込み上げてきて、咄嗟に尚二の指を振り払い、顔を背けてしまっていた。

「基紀？」

尚二が驚くのはもっともだが、基紀自身も、自分の咄嗟の行動にもっと驚いていた。

「……どうしたんだ？」

気分でも悪いのかと訝しがる心配そうな顔つきで、尚二が基紀に腕を伸ばしてくる。基紀はその腕からも体を遠ざけてしまっていた。そこまでされればさすがの尚二も眉間に皺《しわ》を寄せ、不審に満ちた顔つきになって唇を真一文字に引き結んでしまうだけになる。

基紀はここできっちりと尚二に問い質してみないといけない、と頭ではわかっていながら、いざとなれば怖くて確かめる勇気が出せない。震える唇を噛みしめて俯いたままでいても、尚二には何も伝わらないのに、いつまで沈黙が続いても最初の一言さえ出せないでいた。

もう一度尚二が基紀に話しかけようとしたとき、階下で電話が鳴りだした。

尚二が困ったように頭を掻く。

「悪い。ちょっと電話に出てくるから、待っていてくれ」

どうやらここには子機がないらしい。

基紀は尚二が階段を駆け下りて階下で受話器を取り上げるまで、ぼうっと座り込んだままでいたが、どうやら一言二言で終わる電話ではなさそうなのがわかると、ふらふらとパソコンの前に歩み寄っていた。

パソコンを立ち上げる一連の動作も、ほとんど無意識だった。画面が完全に表示されるまでのスピードは基紀のマシンよりも遅かったが、尚二の電話はまだ続いている。

メールソフトはデスクトップに起動用アイコンが置いてあった。

基紀がそれをダブルクリックして開いたのと、階段を駆け上がってくる尚二の足音を聞いたのとがほぼ同時になる。それでも基紀はその場から動けず、画面を凝視していた。

受信簿はフォルダごとに整理されていて、そのフォルダの一つが『TOMO』という名称になっている。

尚二が部屋の中に入ってきても、基紀はもう振り返らなかった。

「基紀！」

尚二に怒鳴られたが、基紀は臆《おく》さずにそのフォルダを開いた。

開くなり、マウスから指を離して、パソコンの前から後退る。だが、何歩も後ろに下がらないうちに、尚二の胸板にぶつかって止まってしまった。

「基紀、悪い。俺が……」

尚二の狼狽え方は基紀が初めて見るほど激しかった。

基紀は尚二がこんなことをしていた理由を知りたいと望んでいたはずだったのに、いざとなると、何一つ聞きたくない拒絶の気持ちでいっぱいになっていた。

「帰る！」

基紀はそれだけを冷たい口調で言い捨てると、呆然としている尚二の体を押しのけて、一気に階段を駆け下り、そのまま表に飛び出していた。尚二が追いかけてきて、捕まえられるのが嫌で、出せる力の限りを使って全力で来た道を引き返す。途中の大通りからは息が続かなくなって歩いてしまったのだが、尚二は尚二なりにショックだったらしく、追いかけてくる気配はなかった。

駅が見えてくる頃になってから、ようやく基紀は体の冷えに身震いし始め、ダッフルコートを尚二の部屋に忘れてきたことに気がついた。しまった、と思うが、まさか取りに戻るわけにもいかない。

基紀は仕方なくそのまま寒さに震えながら家に帰ったのだが、誰もいないしんとした家の中で、部屋のベッドに倒れ伏した途端、止めようにも止まらない大粒の涙が零《こぼ》れだしてきて、感情が壊れてしまったのではないかと思うほど泣いていた。

目が覚めたのは真夜中だった。

基紀は上掛けの一枚も被らないで泣き寝入ってしまっていたため、肌寒くなって起きたのだ。身震いを一つしてベッドから降り、エアコンをつける。

階下では父か母が帰宅しているらしい物音がしていたが、基紀は下りていく気にはなれない。今は誰とも話したくなかった。

基紀は自分で想像していたよりも遙かにひどく傷ついていた。頭で考えているだけのときには、とにかく事情さえ聞き、きちんと説明してもらえれば、それで水に流せる程度のことだと考えていた。だが実際に蓋を開けてみると、感情はそんなに単純には収まりそうにない。

【トモ】として、女の子のふりをしとおして、思いのままに綴《つづ》ってきた裸の自分の心を、そのまま尚二に土足で踏みにじられた気がする。それがたまらなかった。尚二は途中からは明らかに

【トモ】が男だということ、基紀だということを知っていたのだ。知っていながら自分も素知らぬふりで【ヤスジ】という役回りを続け、【トモ】の話を聞く格好で実は基紀の気持ちを探るようなまねをしていたことになる。

基紀は恥ずかしさと悔しさで、どうにかなってしまいそうだった。

部屋中の物を片っ端から投げ飛ばしたり払い落としたりして、叫んで回りたいほどの凶暴な気分に駆られる。それができれば基紀ももっと楽になれるのかもしれないが、あいにくとそういうめちゃくちゃができる性格ではなかった。

明日学校で尚二と顔を合わせないといけないのかと思うと、どんな態度を取ればいいのか悩んでしまう。

謝られても困るし、無視されても傷つく。言い訳を冷静に聞くだけの余裕もない気がした。厄介《やっかい》なことに、こんなことになっても、基紀は尚二のことを嫌いになってはいなかった。好きでたまらないからこそ、心を覗かれた羞恥で死にたくなるほど苦しんでいるのだ。彼の本心がどんなに残酷なものだったとしても、許してしまえるのではないかと思うほど彼のことが好きだ。それでも今すぐに素直に尚二と向き合う勇気が出せそうにない。

基紀は自分の対応を決めかね、それから夜明けまでの長い間、ほとんど一睡もできないでいた。

いつかはこんな結果が待っているのではないかと、充分に予測できていたはずだった。それなのに、尚二は勝手に自分に都合のいい言い訳を用意してずるずると事態を長引かせ、結局基紀を傷つけてしまった。

基紀の忘れていったコートを握りしめて、尚二は自分で自分を殴りつけたくなるほど深く反省していた。

どうしたらこの悪いと思っている気持ちが基紀に伝わるのか、一晩中それればかり考えていて、眠れなかった。コートを抱えて直接家に行こうかと考えても、そんなふうに闇雲《やみくも》に行動してしまってもっとこじれてしまうのが怖くなって踏み切れない。電話をかけようとしたが、基紀は電話が苦手なことを思い出して、受話器を置く。メールというのももちろん思いついたのだが、これだと仲違いの原因にあまりにも近すぎて、無頓着すぎる気がする。

いろいろ悩みあぐねた末、学校で会ってから基紀になんとか時間を作ってもらい、二人で落ち着いて話をするのが一番だと思った。

尚二には、話をすれば基紀が許してくれるとか、好きなのだからなんとかなる、といった楽観的な憶測はほとんどなかった。

基紀は意外と頑《かたく》なで、一度心を閉ざしてしまえば結構強情な性格だということを、尚二は知っている。今はそういうことすべてひっくるめて基紀が好きでたまらないのだが、いざ喧嘩《けんか》となると手を焼く性格だろうと、前から覚悟はしていたのだ。

どうして基紀が【ヤスジ】と尚二が同じだということに気づいたのかなどは、この際どうでもよかった。基紀の態度は少し前からなんとなく変な気がしていた。つまるところ時間の問題というだけのことだったのだろう。尚二としても、ある意味、秘密と嘘がなくなったことで、肩の荷が下りてすっきりした気分になっている。困るのはそのために基紀を失ってしまうことだけだった。

話は学校で、という考えも、非常に甘くて楽観的なものだったということは、初日の基紀の態度からしてすでに明白だった。

とにかく基紀は尚二を無視してくれた。

休み時間や比較的自由に動き回れる体育の授業中などは、尚二が基紀に近づこうとすれば、基紀の方から他の級友の中に入り込んで逃げてしまう。あれほどの優等生だったくせに、朝は遅刻ギリギリにしか登校しないし、生徒会の用事があるときには終礼の合図と共に、カバンと真新しいコートを抱えて教室を出てしまう。そしてこんなときに限って、クラス委員の集まりや特別な仕事もないのだった。

「おまえ、なにしてんの？」

尚二と一緒に掃除当番をしていた口の悪い級友が、ここ二、三日の尚二の不審な行動を見かねてか、お節介にもそんなことを聞いてくる。

尚二は苛々していたので、そんな級友の冷やかしたような言い方が、頭にカチンときてしまう。

「俺が猿回ししているようにでも見えるかよ?」

「見えるか、アホ」

級友は鼻白んでしまったようだった。

「なんでそんなに必死で片岡基紀の尻を追っかけ回してるんだよ。ちょっとまぁ有名人の部類に入るおまえのすることなものだから、余所《よそ》のクラスの女どもの間でまで変な評判がたってるぜ」

「変なって、どんな?」

「だからあれだろ、いま流行《はや》りの禁断の関係」

あながちはずれてもいないので、尚二は一瞬黙り込んでしまう。級友にはその間が嫌な予感をかきたてられてしまったらしく、ゲッとカエルが潰れたような奇声を発して尚二を慌てさせた。

「ばか。俺は片岡に用事があるだけなんだよ!」

「いいけどさ、俺にいちいち弁解してくれなくてもよ。でも、片岡はよせよ。あいつ、どうやら最近、前からの噂どおりに三年の先輩とラブラブらしいぜ」

「おまえ俺の話は聞いてないな!」

尚二は相手の耳をぎゅうっと引っ張り上げた。イテテ、と顔を顰めた級友の耳元に、今度は凄味をきかせた声で問いつめる。

「で? 三年の先輩がどうしたって?」

「うわー、勘弁しろよー。おまえもしかしてマジなの? 頼むからそんな恐い顔をするなッ。生徒会室でちょくちょくいい雰囲気になっているって三島のやつが言ってただけだって」

生徒会室、という言葉に、尚二は素早く反応していた。よりにもよって今更また内田が関係してくるとはフェイントだった。基紀の気持ちはすっかり自分のものだと信じていたから、いくら関係がこじれていても、問題は二人だけの間のことと思っていたのだ。

ここまで来て、みすみす基紀を内田に渡せるものか、という闘争心が、尚二の中でむらむらと湧き起こってくる。

基紀は俺のものだ、という理不尽なまでの独占欲があり、目が眩《くら》んでしまうほどの嫉妬《しっと》心も自覚した。

ここはもう躊躇っているような段ではない。

尚二は持っていた箒を級友に「頼む」と言って押しつけるなり、教室を飛び出していた。

今日も授業が終わると同時に基紀はさっさと生徒会室に行っていたようなのだ。どうしてそんなに毎日毎日用事があるのかと、尚二は歯軋りしたばかりのところだった。

ちょっともう我慢にも限界が来ていたのかもしれない。

尚二は確実に苛立って、焦っていた。

基紀は少しも尚二に話そうとするきっかけと隙を作らない。メールを打っても返信はない。読んだのか読んでいないのかさえもわからないのだ。さすがに電話だけはしていなかったが、今日もしまた一言も話せないのなら、ストーカーと思われても構わないから電話し続けてやろうかとまで思い詰めていた。

いくら尚二に非のあることでも、基紀の態度はあまりにも取り付く島がない。

尚二は遠慮するのを止め、真っ向から対峙《たいじ》するしかないと腹を括《くく》った。むしろ、最初から、いつものようにもっと強引に行動している方がよかったのでは、という気もしていた。

生徒会室のドアを、ノックもなしに、

「失礼します！」

と叫んで、思い切りよく開く。

部屋の中にいたのは基紀と元副会長の内田だけで、ふたりは会議用の長机を二本合わせた作業台に、向き合うように座っていた。突然の乱入者である尚二を見つめて、唖然《あぜん》としている。

先に気を取り直して狼狽し、腰を浮かしかけたのは基紀だったが、尚二はもう絶対に基紀を逃がすわけにはいかなかった。

「逃げるな、基紀！」

尚二が声を荒げて基紀を怒鳴りつけた。

基紀はその声で身動きできなくなったように固まって立ち尽くす。

向かいでまだ事態が把握できずに唖然としていた内田も、尚二がずかずかと生徒会室に入ってきて、基紀の腕を引き掴み、「話があるから、外に出ろよ」と言うのを聞くと、ようやく我に返ったようだった。

「乱暴はよせ、安野」

内田が二人の間に割って入ってくる。

「先輩は関係ありません」

尚二が怒った声で言い返しても、さすがに怯まなかった。

「ばかやろう！」

逆に尚二は怒鳴りつけられる。

内田は一つしか年上でないはずなのに、堂々としており、奇妙な迫力があった。

「確かに俺はおまえたちのことには無関係だろうよ。いったい何がどうなっているのかさっぱりわからないしな。だが安野は少し落ち着け。それから片岡も、この期に及んで逃げようとするな」

「僕には彼と話すことなんて、もう何もないんです！」

基紀は基紀でまだ頑なだった。

「そんなことは俺の知ったことじゃない」

内田は基紀が相手でも、この場は容赦なく突き放してしまった。

「とにかく俺は今日のところは退散する。片岡、今度から俺を生徒会室に呼ぶときには、血の気の多そうなその恋人と揉めていないときだけにしてくれ。それ以外はもうトラブルの元だということがよくわかったから、二度と応じてやらない」

「……すみません」

基紀も内田にはっきりと嫌味を言われて釘を刺されると、さすがに消沈《しょうちん》し、素直に頭を下げる。

「まぁ、正直言うときみからの連絡は嬉しかったけどね」

内田の本音はたぶんこっちの方なのだろう。付け足す声もぐっと優しくなっていた。

「じゃあ俺は退散するが、安野、あんまり基紀を苛めるなよ」

内田はそう言い捨てると、薄っぺらなカバンを肩に提げ、大股で部屋を出ていってしまった。

あっという間に二人きりになる。

二人でがらんとした生徒会室に取り残されると、尚二もさっき飛び込んできたときのような威勢のよさが嘘のように消えてしまい、あらためて目の前の基紀を見つめて困惑した。

基紀もいかにもバツが悪そうに、俯いたまま視線を床に落としている。

「とにかく、少し話してもいいか……？」

尚二が打って変わって控えめに切り出した。

基紀も小さく頷いてくれたので、尚二は「座ろう」と、生徒会室に備え付けの革張りの長椅子に基紀を誘って、並んで腰掛けた。並んではいても、二人の間には中途半端な隙間がある。

どちらも同じくらい緊張していた。

「内田さんにあんたのことを『基紀』なんて、名前で呼び捨てにされるのは嫌だな」

尚二がぽつんと呟くと、基紀はこくり、と喉を鳴らしただけで応じる。

「まぁ、わざとなんだろうけどさ」

「……わざとだよ」

基紀もやっと喋ってくれたので、尚二はずいぶんと緊張が解れてきた。

「あの人のこと好きなの？」

「内田先輩？　好きって……どういう意味で？」

「だから」

尚二は照れくさかったが、案外このままこういう会話を続けていてもいいような気がしてきた。

どさくさに紛れて、思い切って長椅子の上に投げ出されていた基紀の手を、自分の手でしっかりと握る。基紀も触れられた瞬間だけビクッと反応したが、一度握り込まれてしまうと、そのまま自分の指もそっと絡めてくる。

「だから？」

基紀がさっきの会話の続きを促す。こんなことはとても珍しいことだった。

「だから、俺のことを好きだと思うような気持ちで、先輩のことも好きなのかって聞こうと思ったんだけどさ……」

「……違うよ。信じてくれないかもしれないけど」

「信じるよ」

尚二は神妙に答えて、こんなばかげた質問をしてしまったことを後悔した。ほかにもっといくらでも言わなければいけないこと、謝らないといけないことがあるはずだ。

「俺、あんたにすっかり嫌われて、愛想を尽かされたのかと思うと、居ても立ってもいられなくなった。でもな、あの先輩にはあんたのこと絶対に渡したくないんだよ。わがままでも自分勝手でも俺の本音はそれなんだ」

基紀が握り合った指に少し力を込めた。

そして躊躇いながら、

「尚二は僕のことをどう思っている？」

と聞いてくる。

尚二はここが肝心要《かんじんかなめ》だと感じ、照れくさかったが最大限に正直に答えることにした。

「好きすぎて、失うのが怖いあまりに、柄《がら》にもなく臆病にさせられる相手、だと思ってる。俺はあんたが信じられないほど好きで、たまに自分でもどうやって気持ちを鎮《しず》めたらいいのかわからなくなって、困ることがあるくらいだ」

尚二の答えを基紀は自分の胸の中で何度か繰り返し、反芻《はんすう》しているようだったが、やがてしっかりとした声で「僕も」と告白してきた。

「僕もまったくそのとおりだ。きみのこと、知れば知るほど夢中になる。なくしたくない」

「基紀、俺な……」

メールの件を謝ろうとすると、基紀が不意に顔を近づけてきて、尚二の唇を自分の口で塞いで遮った。もうわかっているからいい、とでも言うようだった。基紀にこんなおしゃれなことをされて、尚二は驚きと感動とで、柄にもなく顔を赤くしてしまった。基紀はもっと奥手な男かと思っていたが、案外大胆だ。可愛すぎて、食べてしまいたいような気がする。

基紀も紅潮した顔で自分のしたことを恥ずかしがりつつ、尚二の手をもっと強く握り込んでくる。

「尚二がメールのことを黙っていたのは、僕が嫌いだからとか、そういうわけじゃなく、もっと単純に受けとめてもいいことかな?」

「嫌いなら最初から付き合ってない」

尚二はそれだけは誤解されたくなくて、きっぱりと言い切った。

「俺は基紀がどのくらい幸せなのか、何に喜ぶのか、自分の感じているとおりでいいのか不安でさ。だからついメール相手の【ヤスジ】を利用してしまっただけなんだよ。今考えるととても卑怯だった。本気で悪かったと思ってる」

ずっとどんなふうに謝ろうかと尚二が考えあぐねていた謝罪と反省の言葉は、いざとなればあっけないくらいすんなりと、無理なく自然に、唇から転がり出てきた。もうそれ以上に長々と言い訳する必要も感じなかったし、基紀にも自分の気持ちがきちんと伝わった感触がある。

基紀は尚二と絡めた指で今度は愛しそうに尚二の手のひらを撫で始めた。そうやって触れていれば、いつもよりずっと勇気が出せるかのようだった。

「でも僕の方こそ、ずっと尚二に嘘をついて騙していたんだよね。女の子のふりをして恋の相談なんて持ちかけて、叶わないうちは泣き言ばかり言うし、付き合い始めてからはノロケや小さな心配事を勝手に書き連ねるばかりで。それを当の本人の尚二相手にやっていたんだとわかったら、恥ずかしくて居たたまれなくて、怒る以外にどうしていいのかわからなかった。……本当にごめん。ごめんなさい」

「基紀」

尚二は基紀が泣き出すのではないかと思って慌ててしまう。

向き直って顔を覗き込むと、基紀の方から尚二の胸にしがみついてくる。

尚二はそっと基紀の背中を抱き、さらさらの綺麗な髪を撫でてやる。抱きしめていると、体温と一緒に微かな体臭を感じる。基紀の熱と匂いを感じ取るのはひどく久しぶりのような気がしたが、実際はまだ一週間も経っていない。

「俺たち、最初からやり直そう。いいだろう基紀？」

尚二の言葉に基紀が身動いで体を起こす。

基紀の瞳は濡れているように潤んでいて、罪作りなほど色っぽかった。

このままここにいるのはまずいな、と感じてしまう。

「尚二はそれでいい？　僕と本気で付き合っても後悔しない？」

「俺が基紀に頼んでいるんだ。俺はあんたにめちゃくちゃに参っているよ」

「僕も」

はにかみながら基紀も答える。

続きはあんたの部屋でしないか、と尚二が基紀の耳元で囁くと、基紀はいつものように耳を赤く染めながら、黙って長椅子から立ち上がり、カバンとコートを取ってきた。

諍《いさか》いがあって口もきかないような状態がいくらか続いた後に抱き合うと、いつも以上に感じるものなのだと、基紀は初めて知らされていた。

部屋に着くなり尚二は基紀をベッドに押し倒して裸にしてしまったが、気持ち的にはそれは基紀が望んだことでもあった。

誰もいない家、というのもこんな場合には打ってつけの場所になる。

「尚二。尚二」

基紀は熱に浮かされたように名前を呼びながら、尚二の指や唇が自分の体の敏感な部分をまさぐる快感に夢中になって身を任せた。ほとんど声を嚙まずに喘ぎ声やよがり声を上げたし、尚二もスプリングの軋む音を気にすることなく、基紀が泣き出して許しを乞うまで腰を動かし続けていた。

「いい。あああっ、……いい」

「基紀」

尚二が基紀の口に深く舌を差し込んできて、息もできないほどに激しく舌を吸い上げられたり唾液を送り込まれて飲まされたりする。基紀は目も眩みそうなそのディープなキスに酔いしれた。頭の芯がくらくらとする。こんなに情熱的に抱かれるのは初めてだった。

「基紀。俺のことが好き?」

「好きだよ。僕はきみが僕を好きになってくれたよりもっとずっと前からきみが好きなんだ」

基紀の熱烈な告白に、尚二はたまらなくなったようだった。

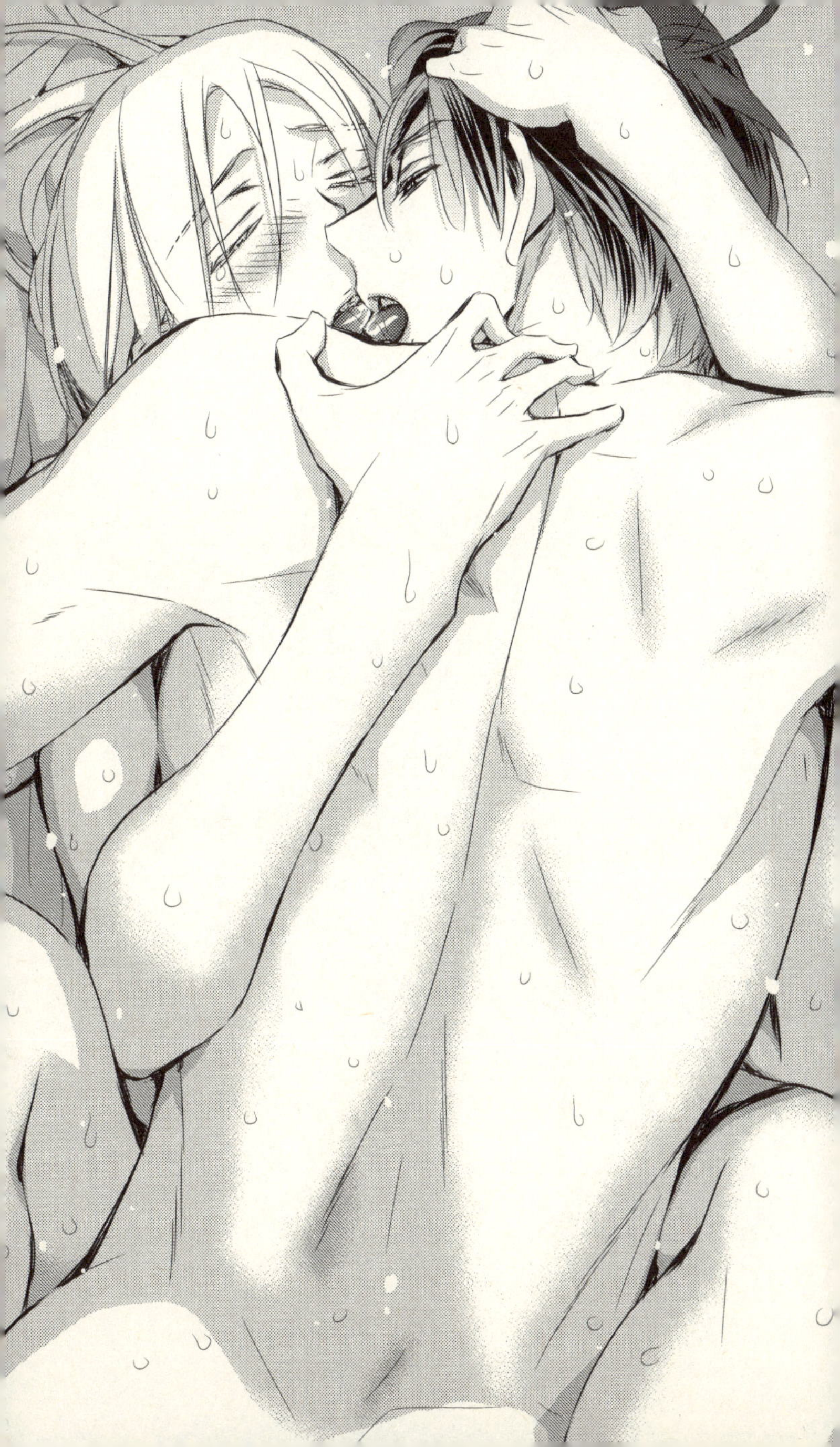

一度は鎮まっていたはずの欲望を、みるみるうちに復活させて、基紀の濡れそぼって淫らに収縮している蕾に再び押し込む。

「あーっ、あっ、あ！」

基紀は尚二が突き上げてきたものの硬さと熱に驚いて体を反り返らせ、足の指をひくひくと痙《けい》攣《れん》させてしまうほど感じて叫び立てていた。

「そんな可愛いことを言うやつにはこうしてやる」

尚二が愛しくてたまらなさそうに基紀の耳朶を嚙んで引っ張る。

「降参だと言うまで勘弁してやらない。基紀。基紀、気持ちいいか？」

緩急《かんきゅう》交えてたっぷりと時間をかけた責めに、基紀は途中から何度か意識を遠のかせてしまうほどだった。気持ちがよくてたまらない。尚二の逞しい腰に両脚を絡めて縋りつき、これ以上ないほどの痴態《ちたい》を見せて貪り合ってしまった。

夢中で行為に没頭していたので、気がつくと九時を過ぎていた。

そろそろ自宅に帰らないといけない尚二は、服を身につけながらなおも未練がましく基紀の裸の腰や脇などに触れてくる。

基紀はベッドに横たわったまま尚二の姿を眺め、少しずつ指や唇を肌に落とされるこの時間が、とても心地よくて大好きだと思った。

「幸せすぎて怖い気がする」

たまには口に出して教えた方が尚二も安心するのかも、と思って、基紀はうっとりした口調のまま言ってみる。

するとと尚二が基紀の傍にやってきて、腰を屈めて額にキスしてくれた。

「そんなふうに素直すぎるのも嫌かも」

尚二は苦笑しながら呟いて、今度は基紀の唇に啄《ついば》むようなキスをする。

「離れがたくなっちまう」

「……明日また学校で会えるよ」

基紀はそう返事をしながら、約束しなくてもまた会えるのは、とても幸せな関係なのかもしれないと思ったりする。

「ああ。そうだな」

尚二は基紀の髪を愛しそうに梳《す》きながら、ふと思いついたように言い出す。

「今度の日曜日、もう一度うちに来ないか?」

「いいけど。もしかしてまたご両親が留守するわけ?」

「違うよ」

尚二は基紀のからかいにちょっとムスッとした表情をしてみせる。

「そうじゃなくて、今度は健全に、うちで俺のサイトの更新作業を手伝わないか? 更新といってもサーバ上の作業のことじゃなく、中身自体を新しい内容に作り替える手伝いをして欲しいという意味なんだが」

これには基紀も目を丸くしてしまう。

嬉しさの反面、いいのだろうか、という気持ちがまず先に立った。

「でも。あそこは【ヤスジ】が大切に運営してきたページだから。それに僕の手が入ってもいいのかな……」

「俺と基紀の二人で散策したハイキングコースは、二人で記録をとって、二人で紹介したいと思っているんだが、嫌か？」

嫌などと基紀が返事をするはずはない。

そんな共同作業ができるなど、考えたこともなかった。もともと基紀も興味を持っていたことなだけに、この提案は信じられないほど嬉しい。

「じゃあ決まりだ。一緒にやろう」

基紀がはっきりと口に出して返事をする前に、尚二はニヤリと満足そうに笑ってそう言った。基紀の表情を見ているだけでも、返事には充分だったらしい。

「ちょっとくらいはあんたのことをベッドに押し倒して苛めるかもしれないけど、いいよな？」

「ばか……」

「俺は健全な若い男だから、恋人と二人きりでいたら自然とそんなふうになってしまう。仕方がないだろう？」

「仕方がないと思うよ、僕も」

基紀が案外すんなりと認めたので、尚二はかえって恥ずかしくなったようだ。

話題を真面目なことに修正してくる。

「春になったら新しい散策ルートを考えて、まず二人でそれを実行しようか」

「それは楽しみだな」

「冬の間に体力作りをしておいた方がいいかもな」

「きみはいつも冬は、なにをするの？」

「例年なら体力作りのジョギングとかサイクリングに勤《いそ》しんでいたんだが」

今年は少し事情が違うからなぁと尚二は思わせぶりに基紀の方に視線を流す。

「……今年は？」

基紀が返事を促す。

「今年も体力作りは手を抜かないが、それ以上にあんたを可愛がってやることにも手を抜かないと約束するよ」

尚二は照れながらも、熱っぽく真剣な瞳で基紀を見つめ、そんな約束をしてくれる。

まるで尚二に全身で好きだと言われているようだった。

基紀は舞い上がりたいほどの幸福感に、返事もできないほどだった。

そろそろ尚二が帰る素振りを見せたので、基紀は素肌の上に丈の長い寝間着を羽織ると、尚二を玄関先まで見送った。

「尚二」

シューズの紐を結び終えた尚二が一歩踏み出しかけたとき、基紀は急にせつなさが込み上げてきてしまい、つい呼び止めてしまった。

尚二がすぐに振り向く。

基紀は思い切って尚二の肩に両腕を回して抱きつくと、

「愛してる」

と彼の耳に唇を寄せて、甘く囁いていた。


「恋する僕たちの距離」ＧＥＮＫＩ ＮＯＶＥＬＳ（'00年12月ムービック刊）より

そして冬の恋人たちは…

基紀《もとき》とは、学校が終わると毎日一緒に帰る。

毎日といっても、尚二《しょうじ》は毎週水曜日に地学部の活動があるし、基紀も不定期に生徒会の集まりがあるので、いつも肩を並べて校門を出るというわけにはいかない。用もないのに教室に残っていたり、図書館でわざわざ時間を潰して待ち合わせて帰ったりすれば、そのうち目敏《めざと》いやつらに勘繰られないとも限らない。

尚二はべつに周囲にどう見られようと気にしないし、冷やかされても堂々としていられるが、基紀は尚二なんかよりずっと繊細だから、「あいつら最近あやしい」と噂《うわさ》されたら嫌なのではないか。そう思うので、尚二は学校内では極力基紀にベタベタしすぎないように心がけている。

どちらかに用事があってバラバラに学校を出るときは、駅と反対方向に五分ほど歩いたところにある喫茶店で待ち合わせすることが多い。

ここなら多少予定がずれて遅くなっても寒い日に遭わせずにすむし、飲み物が中心の静かな店だから、お喋《しゃべ》りしたい学生はまずここには来ない。

尚二たちもいつも待ち合わせに使うだけで、落ち合ったらすぐ店を出て、二人でゆっくり駅まで歩く。駅までは喫茶店からでも十五分程度の道のりだ。それだとやっぱり物足りないので、途中にある公園が近づくと、どちらからともなく「寄り道していこうか」という雰囲気になる。

この寒いのに馬鹿だなぁと我ながら思わないではないが、まだ付き合いだして一ヶ月にもならないので、今まさに一分でも一秒でも離れたくない時期なのだ。学校が休みの日や、土曜日で早帰りできる日には、共働きで遅くまで両親が帰宅しない基紀の家に行くことが多いが、平日はこのささやかなデートで我慢するしかない。

「基紀。もう少し時間あるか？」

「あるよ。寄っていく？」

「ちょっとだけな」

案の定、今日もまたそういう流れになった。

戸外は死ぬほど寒くて、今にも雪がちらつき出しそうな曇天だったが、基紀はそんなこと全然気にならないようにしゅっと背筋を伸ばして、先に立って公園の中に入っていく。

「コーヒー買って来る」

尚二は柵の外側に設置されている自動販売機を指して言い、素手では持てないくらい熱い缶を二本、首に巻いた長いマフラーの端に包んで運ぶ。

そろそろ夕暮れが近づいており、公園で過ごす人の姿は見渡せる範囲にはない。園内を横切って近道する人や、犬を散歩させている人がときどきいるくらいだ。

基紀は芝生が敷かれた広場と向き合う形でベンチに座っていた。

喫茶店でも開いていた文庫本を、組んだ脚の上に載せて読んでいる。

遠目に見ると、ダッフルコートを着ていてもなおほっそりとした体つきや、少し長めに伸ばしたサラサラの髪などから、制服のズボンを穿いていなければ女の子と間違えられそうなくらい可《か》愛《わい》い。

尚二が近づいていくと、基紀は顔を上げて本を閉じようと栞紐を摘《つま》む。

「いいよ、読みたいんだろ。区切りのいいところまで読んじまえよ」

きっと続きが気になってたまらないからこまめに本を開くのだろうと察して言ってやる。

「うん。ありがとう」

基紀は尚二が差し出した缶コーヒーへのお礼と一緒に、気遣いに対する感謝の気持ちと嬉しさをはにかんだ笑顔で表すと、再び本に視線を落とす。

尚二は基紀の横に腰を下ろし、さりげなくベンチの背凭《せもた》れに腕を伸ばして載せた。

本当はベンチではなく基紀の肩を抱きたいのだが、たまにすぐ傍《そば》を人が通るので、気恥ずかしくてできなかった。場所柄を弁《わきま》えないと基紀にも呆れられそうだ。……いや、基紀は常識人っぽいようで大胆なところがあるから、案外なんとも思わないかもしれない。

あれこれ考えていると、まるでこちらのヨコシマな気持ちを見透かしたかのごとく基紀がチラッと視線を投げてきたので、尚二は何食わぬ顔をしてそっぽを向いた。

コーヒーを飲みつつ、横目でそっと基紀を窺《うかが》う。

二人でいても始終話をしていることはない。基紀は元々口数が少なく、面と向かって自分の気持ちを言葉で表現するのが苦手なようだ。

最近は、傍にいて顔を見ていると基紀の気持ちが察せられるようになってきたので、二人で黙って過ごしても全然気詰まりじゃない。むしろ楽しかったりする。

こんなふうに腕と腕が触れ合うくらい近くに座り、ほのかに伝わる体温の温かさを感じるだけで幸せな気持ちになれる。

尚二はチラチラと基紀に視線を向けながら一人で勝手に盛り上がっていた。

俯《うつむ》きがちになって字面を追う基紀を見るたび、ドキドキする。

なんて綺麗《きれい》で可愛いんだろうと感嘆し、独占欲と誇らしさに加え、自分以外の人にも見せなくてはいけないもったいなさまで感じてしまう。

自分としたことが、恋をするととんでもなく狭量《きょうりょう》で嫉妬《しっと》深く我《わ》が儘《まま》になるのだと、基紀と付き合って初めて知った。

俺の恋人は、人を殺せるほど美人——本気でそんなふうに思う。

ふと気がつくと、通りすがりの女子高生たちが、頬を染めて嬉しげにキャッキャ言いながらこちらを見ていく。

ムッとして、なんだよ、基紀を気安く見んな、俺んだぞ、と胸の内で文句を垂れていると、反対側から来たサラリーマンふうの男までじーっと基紀を見ていく。うわぁ綺麗な子だなぁと感心しているのが、惚《ほお》けたようにぼうっとした顔から察せられ、尚二はガルルと獣が敵を威嚇《いかく》するときのような顔で、見てんじゃねぇ、と睨んでやった。

やはりこれは大事だ。このままにしておくと尚二は気が気でない。

むうう、と剣呑《けんのん》な顔つきで睥睨《へいげい》しつつ基紀の様子を窺うと、さすがに基紀も尚二の様子がおかしいことに気がついて、「……何?」と訝《いぶか》しそうな、困惑したような顔をする。

きっと基紀は、周囲からどれだけ注目されているのか気づいてもいないんだろうな、と思うと、ますます放っておけなくなった。キケンすぎる。

バサバサと首に巻いていたマフラーを外し、問うようなまなざしをしている基紀の顔を隠すようにぐるっとマフラーを巻きつける。

「あんたちょっと目立ちすぎ」

小さめの顔の下半分が隠れ、基紀はえっという顔をして、尚二をじっと見る。

何か言いたそうにしている基紀に、尚二はじわじわと恥ずかしさが込み上げてきて、おたおたと言い訳の言葉を探した。

クス、と基紀が小さく笑う。

照れくさそうな、ちょっと困ったような顔をして、ふっと小さく息をつく。

「尚二も……」

基紀はおでこをコツンと尚二の額にぶつけてきた。

そして、巻きつけられたマフラーを外すと、尚二の首に掛け戻す。

マフラーを両手で軽く引っ張りながら、基紀は思い出したように口元を緩ませた。

「尚二こそ、女子高生が見惚《みと》れてた……」

えっ、と尚二は目を瞠《みは》る。

あれは基紀を見てはしゃいでいたんじゃなかったのか。てっきりそう思ってムッとしたのだが、基紀の目には、そうは映っていなかったようだ。

「ていうか、あんた、本読んでたんじゃないの?」

本に夢中で周囲になど注意を払っていないかと思っていた。

「読んでたけど。尚二が隣にいたら、やっぱりいろいろ気になるし」

基紀はほんのり頬を赤らめて言うと、気恥ずかしさをごまかすかのように、いきなり尚二の唇にチュッとキスしてきた。

基紀からのサプライズに、尚二はわぁと心の中で喜色に満ちた叫びを上げつつ、この場で基紀を抱き締めたいのを必死で我慢した。

「なんか……これから基紀の部屋に行って、泊まりたくなった……」

基紀はまたクスッと笑い、

「わかりやすい……」

と尚二を冷やかしながら、まんざらでもなさそうな顔をするのだった。


「そして冬の恋人たちは…」（書き下ろし）

あとがき

このたびは、拙著をお手に取っていただきまして、ありがとうございます。

大変懐かしい話を出し直していただきました。

著者校正の最中、執筆していた当時のことをあれこれ思い出し、今とはツールがまったく違っていたなぁと、おばあちゃんのような気分にしばしばなりました。

当時はまだ私自身、携帯電話をほとんど活用しておらず、パソコン用のメールアドレスに届いたメールは、パソコンでしか受信できないものでした。インターネットに繋ぐときは、電話線を抜いてケーブルを挿し、手動で接続するという手間が必要で、そうした描写が本文中にも出てきます。パソコンを起動させてネットに繋ぐために次々と開くダイアログボックスを云々という箇所、今のネット環境にしか馴染みのない読者様にはなんのことかわからないだろうなぁと思いつつ、すべて初版発行時のままにしてあります。このお話は、今から十五年ほど前の設定でなければ成り立たない、あの当時の高校生の恋愛を描いたものなのです。

昨今、ホームページを持っている人は激減し、大半の方がブログやSNSを通して発信していますが、当時はそんなものもまだほとんどありませんでした。メモ帳にHTMLタグを直接打って、見よう見まねでホームページを作っていたなぁとか思い出し、何度も遠い目になりました。

その頃をご存知の読者様にも、時代背景はわからないという読者様にも、二人の高校生らしい拙く不器用な恋愛を楽しんでいただければ幸いです。どれだけツールが変わっても、人が人に恋をする気持ちは変わらないのではないかなと、あらためて思いました。

よかったら、ご意見やご感想等、お聞かせくださいませ。

イラストは門地かおり先生が本著のためにすべて描き下ろしてくださいました！　初版発行の際に付けていただいたイラストも大変素敵で、大好きだったのですが、今回新たに大量の描き下ろしイラストを拝見できて舞い上がる心地です。

このたびは本当にありがとうございました！

書き下ろしのショートストーリーは、初版発行時、門地先生に巻末特典の3ページ漫画として描いていただいていたものを、このたび私がノベライズさせていただきました。原案は私と担当さん二人で考えたものだったみたいですが（もう記憶がおぼろ）、感覚的にはまさに漫画のノベライズでした。短いですが、本編と併せてお読みいただけますと嬉しいです。

本書の制作にご尽力くださいましたスタッフの皆様、いつもありがとうございます。今後ともどうぞよろしくお願いいたします。

それでは、また次回、新たな作品でお目にかかれますように。

最後までお読みくださいまして、ありがとうございました。

遠野春日拝

ビーボーイノベルズをお買い上げいただきありがとうございます。

この本を読んでのご意見・ご感想をお待ちしております。

〒162-0825 東京都新宿区神楽坂6-46
ローベル神楽坂ビル5階
リブレ出版㈱内 編集部

リブレ出版WEBサイトでアンケートを受け付けております。

サイトにアクセスし、TOPページの「アンケート」から該当アンケートを選択してください。

ご協力をお待ちしております。

リブレ出版WEBサイト http://www.libre-pub.co.jp

BBN B●BOY NOVELS

恋する僕たちの距離

2015年3月20日 第1刷発行

著者——遠野春日

発行者——太田歳子

発行所——リブレ出版 株式会社
〒162-0825 東京都新宿区神楽坂6-46ローベル神楽坂ビル
営業 電話03(3235)7405 FAX03(3235)0342
編集 電話03(3235)0317

印刷所——株式会社光邦

Printed in Japan
ISBN 978-4-7997-2511-5